LOS PERROS

LOS PERROS

Lorea Canales

PLAZA JANÉS

Los perros

Primera edición: mayo, 2013
Primera reimpresión: septiembre, 2013

D. R. © 2013, Lorea Canales

D. R. © 2013, derechos de edición mundiales en lengua castellana:
Random House Mondadori, S. A. de C. V.
Av. Homero núm. 544, colonia Chapultepec Morales,
Delegación Miguel Hidalgo, C.P. 11570, México, D.F.

www.megustaleer.com.mx

Comentarios sobre la edición y el contenido de este libro a:
megustaleer@rhmx.com.mx

ISBN 978-607-311-568-1

Impreso en México / *Printed in Mexico*

A Rocío, Jimena, Fernanda, Ana y Julia
—con todo mi amor.

… ¿Nunca escribieron la palabra bondad
en el libro del mundo?
Quisiera quedarme en mi conciencia
como hacen los perros, espantar
a la desdicha continua,
los sueños flacos, los pavores
su idiota realidad,
y amar a la vida en un hotel de provincia,
todo lo que no es.

JUAN GELMAN

Diario de Jorge

Pago por mi dignidad cada día. Pago por la comida, el agua que bebo, por que me laven la ropa y las sábanas. Por tener un calentador en mi cuarto. Ni intentar beber esa cosa que sale del tubo con la que nos bañamos. No es que carezca de tendencias suicidas, pero ya he pasado suficientes días con diarrea como para, al menos, querer estar lejos de ese agujero que llaman escusado. Mi proceso está atorado. El juez no ha respondido a mi solicitud. Miento, respondió solamente para que quedara constancia de que mueve el proceso, pero no tiene ninguna consecuencia el escrito, no ha pasado al desahogo de las pruebas ni ha ordenado los peritajes que yo requiero. Ya sé cómo funciona, tengo que pagar a los peritos, pero no me dicen dónde está el avión. ¿Cómo voy a mostrar que mis huellas no están sobre las armas? Circunstancias de modo, tiempo y lugar. El MP arguye que yo estaba en el avión, cierto. Que las armas estaban ahí, cierto. ¿Pero el motivo? Yo, que en mi vida he tocado un arma. En este caso no hay ningún motivo; el delito se integra en el momento en que prueban que yo transporté las armas. He pedido de testigos a mi cuñada y a mi mamá. Miguel les ha dado órdenes de que no vengan, no quiere que testifiquen a mi favor. Mandó a uno de sus gorilas a decirme que él lo arreglaba, que no necesitaba defenderme. Una vez más le tuve que decir que se fuera a la mierda. Pero el de la mierda soy yo.

Me he propuesto ayudar con la limpieza, además de los procesos de algunos amigos que he hecho aquí. Sí, los considero mis amigos, tanto como aquellos que están fuera, aquellos poquísimos que me echan de menos. En las mañanas me da una razón para levantarme. Carmelo se ha vuelto el más cercano. Es el único que no me dice que estoy loco. Se pega a mi lado como un perrito faldero. Me he dado cuenta a veces de que quiero acariciarlo, así, como a un perrito, sobarle el lomo para que se dé cuenta de que lo aprecio. Que sin él mi estancia aquí sería peor. Pero le he dicho que si quiere seguirme tiene que dejar de fumar. No soporto el humo. Hay un grupo de muchachos que se empeñan en estar sanos, hacen bailes y ejercicio, componen canciones. Son por mucho los que se ven menos dañados. Yo trato de juntarme con ellos, de asesorarlos en sus procesos. Algunos han empezado a agarrarme confianza.

Hace cinco días que empecé a limpiar. Qué joda más tremenda. Tengo las manos quemadas; cuando termino me pongo casi medio bote de vaselina. Estoy tentado a comprar guantes pero no quiero que me vean más señorito.

Ayer estuve todo el día con Macario. Quiero que me enseñe a arar el patio. No es arar propiamente, pues no vamos a sembrar nada, ¿verdad? He leído de algunas cárceles en España que tienen huertos; aquí sería inimaginable. Esto es un basurero de tierra yerma. Simplemente lo aplanamos y le sacamos las piedras que no entiendo de dónde vienen. Se riega y se aplana y así los muchachos pueden jugar futbol. Macario lo hace porque le pagan. Pero yo quiero hacerlo. Me dejo aplanar un lado, y tengo agujetas por todo el cuerpo. Te pones un trapo sobre la cabeza y luego la riata que jala el palo sobre la frente, como buey, y caminas, todo el cuello va pa'lante, como diría mi papá. El trapecio entre los hombros y la cabeza se ensancha, pero el verdadero esfuerzo se encuentra en las piernas. Me gustó ayudar. Lo irónico es que Macario me dijo que yo le tenía que pagar a él si quería hacerlo. Ya también me vio la cara de pendejo. Aunque entiendo, ése es su trabajo, de qué va a comer.

Vino Jerónimo a verme, me apena decirlo, y jamás se lo diría a él, pero cada vez que lo veo cuento los días de la próxima visita. El martes pasado no pudo llegar, por no sé qué cosas del colegio de uno de sus hijos, y me decepcioné tanto que no salí de la cama en tres días. Carmelo se encargó de todo: pagar la lista, la fajina, traerme de comer, hasta insistía en que me cambiara de ropa. A mí nada me interesaba. No lo puedo describir, no me sentía triste ni nada, simplemente era como si me hubiera quedado sin gasolina. No tenía ganas, ni siquiera había lugar para melancolía o para compadecerme de mí mismo, como suelo hacer.

Hoy vino un profesor de yoga. Nos pusieron a todos en el patio. Éramos más de quinientos los voluntarios. Yoga *my ass*. Pero las intenciones del tipo eran buenas, hizo que nos sentáramos en el piso y cantáramos el OM. Debo decir que sólo por eso valió la pena la clase. Lo demás fue casi de carcajada. Cuando teníamos que hacer la postura del árbol, sólo los bailarines y yo pudimos. Pero nos puso de buen humor. Dijo que si lo aprobaban iba a venir más seguido. No sentí que les gustara a los monos el cambio de rutina, como que les dio miedo vernos a tantos haciendo algo a la vez. Hasta el OM tenía potencial de motín. La verdad es que un motín podría suceder cualquier día, no hay ni forma de detenernos y ellos lo saben, dependen completamente de nuestra pasividad, de la complicidad con los grandes, que son los que controlan todo.

PRIMERA PARTE

MIGUEL

La piel estirada de su mujer embarazada le recordaba algo a las sillas charras con que solía montar de niño antes de cambiar a la inglesa. Mientras paseaba las yemas de sus dedos sobre el suave camino que dejaban las estrías en la piel de su esposa, Miguel pensaba en el dicho: la mujer es como la escopeta, hay que tenerla cargada y en la esquina. En lo único que podía pensar era que quería embarazarla otra vez. Ella todavía no paría y él ya quería cargarla de nuevo. Sí. Qué rico. Sí. Tenía que empezar a hablar con ella, decirle que era mejor que los hermanos se llevaran poco tiempo para que todos pudieran ir a esquiar pronto. Y que si se embarazaba rápido no tendría que tomarse la molestia de enflacar. No, no podía decirle eso. A Magali la enervaba cualquier mención de su peso. No le creía cuando le decía que era hermosa.

—Parezco ballena —replicaba.

Creía que la halagaba por lástima. Pero no. Era verdad. Se veía tan linda. Su piel brillaba, lucía natural. Eso era, había en ella una sencillez orgánica y tan rubicunda. Desde hacía unos días sólo tenían dos posiciones posibles, de lado y por atrás. Wow. Nada le podía gustar más. Quería que se quedara así para siempre. Deseaba una niña. Una niña, dos niñas. O tres. Luego, claro, buscar el niño. El niño era un hecho. Pero ahora, ahora una niñita. Ahora no tenía tiempo para un niño, para andarle enseñando a pelear y a jugar futbol. Eso tendría que esperar. Pero con una niña qué lindo sería llegar a casa y verla. Papi, le diría. Papito.

El chofer ya esperaba a Miguel en la puerta. Tenía una rutina al subirse al coche: la radio en el noticiero de la mañana, *El Universal*, *Reforma* y el boletín de prensa que le pasaban desde la Secretaría de Gobernación lo esperaban sobre el asiento de piel. Desde que Magali se embarazó no dejaba que el periódico entrara a su casa con las fotografías cada vez más violentas que publicaban. No quería que su mujer se estresara innecesariamente por la situación del país. Los cuerpos decapitados, los asesinatos y los secuestros de todos los días podían afectarla. Ver eso no hacía bien a nadie. Ni siquiera a él. Recientemente se preguntaba si debía sustituir a Juan por un chofer armado. Juan llevaba ya cinco años trabajando para él y no se podía imaginar un remplazo. Desde hacía dos años utilizaba un auto blindado, esperaba que eso fuera suficiente.

En su mente las dos gigantescas tetas de su mujer revoloteaban, entre muchos pechos más. Una muchedumbre de senos como si estuviera en un *table dance*. Quería que Magali le hiciera una rusa, sí. Antes de que pariera quería montarse sobre ella y sobarse entre sus volcanes. Harían una erupción colectiva. Rió para sus adentros. Desde niño lo acompañaba esta fantasía macabra: la ciudad de México se veía cubierta de lava, totalmente destruida por la erupción del Popocatépetl. Una erupción colosal, la más grande en siglos, arrasaba por completo todo el valle de México; la lava corría hasta la costa de Guerrero. Su familia observaba las imágenes desde la televisión en San Diego. Durante días el humo era tan denso que ni aviones ni helicópteros podían llegar. Las cenizas se esparcían sobre la atmósfera y cubrían Tokio con una fina capa de polvo. Cuando el peligro cedía, él y su familia regresaban a la ciudad de México. Pioneros del siglo XXI, sembraban árboles y trazaban una ciudad impecable. Así barrían por una vez el lastre de problemas que acarreaban desde épocas prehispánicas. Gracias a ellos México resurgía como la mejor ciudad del continente. Ciertos días era capaz de estar durante horas reconstruyendo la ciudad hasta el último parque con quioscos para música en vivo. Hoy, en cambio, su mente volvía a Magali y sus tetas. Magali y la inseguridad. Decidió comprarle un auto blindado. Ya tenía el teléfono celular en su mano, sabía a quién llamar. Las bocinas del coche amplificaban la conversación.

—Quiero regalarle a Magali una camioneta nueva.

—Otra, güey. ¿No le acabas de comprar una?

—Estaba pensando que ahora, con el niño, la quiero tener bien cuidada, con guarro. La que me vendiste no es blindada, pero está bien para el fin de semana. Me la quedo como quiera.

—Me acaban de llegar unas BM bien bonitas. ¿Qué estabas pensando? Las Mercedes están padres también. ¿Qué nivel de blindaje quieres? ¿Dos, tres? Oyes, pero lo que dices del fin de semana está mal, ¿eh? Olvídate de usar un coche normal el fin para sentirte que eres Juan del Pueblo. Te ven salir muy padrote los lunes y luego te quieres ir de fin *undercover*. Te jodiste. Ni creas que los engañas poniéndote una cachucha como galán de Hollywood. Lo que estamos viendo ahorita es un alto nivel de profesionalismo. Si van por ti es porque ya te estuvieron vigilando durante meses y saben todo. Dónde tienes tu dinero, en qué colegio están tus sobrinos, qué cagaste en la mañana. No, cabrón. Si metes gente armada en tu casa vas a necesitar protección *twentyfour/seven*.

—¿Tú crees? Es que con el niño me da no sé qué dejarla sola.

—Por qué no te lo piensas. Pasa en la tarde y te enseño lo que tengo. Ahorita me acaban de llegar dos buenos elementos disponibles. Los Gutiérrez Marrañón se fueron a Houston y me dejaron los suyos muy recomendados.

—¿Dos?

—Sí, cabrón. Necesitas dos a huevo si vas a entrar a las grandes ligas. No puedes tener a un elemento armado cansado, güey.

Ya la mente de Miguel hacía cálculos preliminares de cuánto le costaría el chistecito. Agradeció que su hermano no tuviera hijos y así no tener que preocuparse por sobrinos inexistentes. Pero igualmente le consternaba la vida que Jorge había elegido, se preguntaba si sus amigos de la universidad serían del tipo de andar secuestrando. Eran puros muertos de hambre. ¿Quién sabe? Uno de ésos en un aprieto.

De pronto, Miguel advirtió que Juan cambiaba constantemente de carril.

—Cálmate, Juan. Qué prisa tienes.

—Nada, patrón.

Le cayó el veinte. Seguramente estaba preocupado por su trabajo.

—No comas ansias. Ya sabes que tú te quedas conmigo para siempre.

Era importante para él sentir lealtad de sus empleados, pero también sabía que ésta se ganaba y que había que hacerlos a ellos sentir seguros también.

—¿Cuándo te he fallado, mi Juan?

—Nunca, patrón.

—Conmigo ya sabes, güey. Tú, tus hijos, tu vieja, tu chava, hasta que yo me muera, cabrón, cuentan conmigo.

—Sí, patrón.

—Es que no quiero que Magali ande sola.

—No, patrón.

Miguel agarró la sección de deportes y abrió las dos planas. Era el apartado que menos le interesaba, pero quería poner distancia entre él y Juan. Notó que ya conducía con más calma. ¿Qué iba a hacer con Magali? Dos güeyes con pistola y fines de semana con escolta no era lo que había imaginado. El sonido del noticiero al que no prestaba atención se vio interrumpido por una llamada. Magali. Quería preguntarle si seguía en la cama. Quería imaginarla con el camisón de seda y encaje que le había regalado, recostada sobre las veinte almohadas que adornaban su lecho. Cogió el teléfono, oprimió un botón y se puso la bocina a la oreja.

—Hablo para recordarte que tenemos cita con Claudia.

—¿Claudia?

El tono ejecutivo y recriminatorio de su esposa cortó su fantasía.

—La decoradora.

—Sí.

No tenía ni idea a qué se refería su mujer. ¿No habían terminado ya con la casa? El cuarto del bebé se encontraba lleno de juguetes, libros y ropa. ¿Decoradora?

—Sabía que lo ibas a olvidar. Tierra llamando a Marte. Tierra llamando a Marte. Ah, me equivoqué. Estás en Júpiter. Vamos a tener un hijo, ¿recuerdas? Te lo dije desde hace dos semanas: tenemos cita hoy con Claudia, la que le arregló el cuarto de maternidad a Vanesa. ¿Sí? Y para no molestar a su majestad la puse junto a la prueba de la comida. Hoy nos presentan los canapés para el hospital y también el menú del bautizo. Además me van a traer los arreglos. Ah, ya mandó tu mamá el ropón.

—¿Y?

—¿Cómo que "y"? Ni que no lo conocieras. ¿No es el que te pusieron a ti y a tu hermano, a tu papá, y no sé a cuántas generaciones?

—Sí. ¿Y?

—Nada. Sólo te llamaba para recordarte.

—Bien. Pues me doy por advertido. Mayita, Claudia, arreglos. ¿Algo más?

—No.

—Nada más una pregunta.

—Sí.

—¿Quién crees que paga todo eso?

—Ay. ¿Ya vas a empezar? Mira. Se lo pido a mi papá y ya. Él no me deja de preguntar si se me ofrece algo. Sabes que lo haría con mucho gusto. Pero tú, con tu orgullo.

—Nada más preguntaba para que tuvieras en cuenta que no soy retrasado mental.

—Ya, mi amor. Nada más quería recordarte, ¿okay?

La comida en casa de su mamá terminó temprano. Magali y Jorge salieron de prisa. Magali tenía cita con el ginecólogo, analizarían la posibilidad de hacer una cesárea. Apenas podía caminar, el niño nacería en cualquier momento. Jorge balbuceó alguna excusa, se había ido a la universidad o al yoga. Miguel se quedó solo con su mamá. Bebió enteras las botellas de vino blanco y tinto que habían abierto.

—¿No quieres un coñaquito, amor?

Ella siempre se hacía cargo de él. Tomó el coñac y fumó un puro. Guardó dos más para fumarlos con Édgar. Su mamá le contó los sucesos de la semana. Había ido dos veces al teatro y también a una exposición. Jugó canasta y tenis. Además despidió a la cocinera porque la pilló acostándose con el novio. Lourdes, la recamarera de toda la vida, le advirtió, así logró sorprenderlos *in fraganti*. Miguel le preguntó si quería más dinero. Desde la muerte de su papá hacía cinco años era él quien administraba todo. Había comprobado con alivio que, mientras su madre recibiera lo que estaba acostumbrada, no indagaba en el negocio. La vio bien. Tenía razón Jorge, el nuevo color de pelo le favorecía. Admiraba su fortaleza, cómo había logrado sobreponerse a la muerte de su papá. Claro, era un dolor que no la dejaba, pero con sus cocteles y fiestas, sus incontables amigas, las dietas, el ejercicio y las compras, había logrado algo que parecía una vida plena. No le contó que iba a comprarle una camioneta blindada a Magali. A su madre no le gustaban las sorpresas, pensó que habría sido mejor decírselo.

Resolvió volver a visitarla esa misma tarde. Ella debía ser la primera en saberlo. Al salir de casa de su mamá, notó el coche de Magali en el garaje. ¿Qué carajos? ¿Había vuelto a pedirle el chofer al papá? Entendía que ya no quisiera manejar en su estado, pero por qué el chofer de su suegro, por qué no se lo pedía a él. En vez de comprarle coche blindado debía hacerla moverse en un microbús un par de meses para que viera lo que era la necesidad. Fantaseó con la idea. Quitarle el coche a Magali, ¿no resolvería todos sus problemas? Su mujer se quedaría en casa y así no tendría que preocuparse de dónde andaba.

—Llévate mi coche a la casa, Juan. Yo agarro el de la señora.

Desde que escuchó la música de Magali —algo de Luis Miguel— lamentó habérselo llevado. Conducía sobre Palmas, estaba llena de tráfico. Sintió que se le bajaba el ánimo y el efecto del alcohol le irritaba. Entró a la agencia molesto. Se puso de peor humor porque Édgar, encima, lo hizo esperar.

—Cálmate, cabrón. Ni sabes con quién estaba hablando —dijo Édgar tan pronto vio el semblante tenso de Miguel.

—Me vale madres, a la reina de Inglaterra la corres cuando yo llego, cabrón —Miguel tronó los dedos—. ¿Quién es tu papi?

—Tú.

—Dilo bien, cabrón.

—Tú, cabrón.

—Ándale, abrázame.

—Ya, no seas puto.

—Puto tu madre, cabrón. Te vengo a comprar un coche y así me tratas.

—Ya, güey. Perdóname la vida, ¿qué quieres? ¡Ah!, ya sé. Ya, papá. Esto te va a gustar.

Édgar se levantó de su escritorio para cerrar la puerta del despacho. Luego, del cajón que estaba a su izquierda, sacó una bolsa de coca. Puso seis líneas sobre el vidrio. Miguel inhaló dos. Él hizo lo mismo. Quedaban dos rayas.

—Ay. Ya, güey. Mámatela toda.

—No, cabrón. Tengo mil cosas que hacer al rato. Dame un whis-quito, mejor. Con mucho hielo, ándale. Y un exprés.

Inmediatamente se sintió mejor. Cuando le sirvieron el whisky otra vez estaba volando. La camioneta le pareció perfecta. Era una Mercedes con interiores beige. Entrevistó a los dos guarros y también los juzgó ideales. Le llamó la atención que uno era güero, alto —los dos eran altos— pero uno era alto como Pedro Picapiedra, anchote como el típico guarura con pelo de puerco espín, y el otro era güero de ojo verde y —aunque le costaba trabajo admitirlo— guapo.

—¿De dónde eres?

—De Sinaloa.

—Ah. Güerotes, pues.

El güero encogió los hombros.

—¿De dónde en Sinaloa? —preguntó.

—Guasave.

—¿Como en el sushi?

Su celular sonó, era Magali. Que espere, se dijo, y en lugar de respon-derle, marcó a su mamá.

—Mami, ¿estás en casa? Quiero pasar a darte unas flores.

Magali le llamaba con tanta insistencia que apagó su celular. Ya llegaría pronto a casa. Paró en un quiosco en la esquina de Home-ro y compró dos docenas de rosas amarillas. Su mamá estaba en bata. Nunca había adoptado como Magali los pants o jeans. Era binaria: o estaba completamente arreglada de traje sastre, tacones y maquillaje, o en bata. La única excepción era el tenis. Cuando iba a jugar sí se vestía de pants blancos. Siempre blancos. Le contó que acababa de comprar una camioneta blindada, y su mamá parecía aprobar.

—Me platicó Édgar que estaban vendiendo unos seguros con-tra secuestros. ¿Cómo ves? Mami, ¿crees que te sientas más segura si compro uno? Dicen que una de las ventajas es que ayudan en las negociaciones.

—No secuestran a señoras de mi edad, saben que no pagarían por nosotras.

—Ay, mamá.

—¿Por qué no te lo regalas cuando nazca tu hijo? Así vas a andar más tranquilo. ¿Cuándo va a ser la cesárea? Hijito, dime la verdad, ¿de veras no saben qué va a ser?

—Mamá, te he dicho mil veces que no quisimos preguntar.

En eso recordó las llamadas de Magali. Había descontado que tuvieran algo que ver con el parto. Prendió su teléfono y le llamó preocupado.

—¿Dónde estabas?

—¿Qué pasa, todo bien?

—Nos estamos yendo al hospital.

—Espérame, voy para allá. Estoy en casa de mi mamá.

—Ya no puedo más.

Magali emitió un quejido doloroso. Él encontró los ojos de su mamá.

—Ya va a nacer.

Y se fue. Llegó a su casa justo en el momento en que salían Magali y el chofer. Mauricio se subió al coche con ellos. A pesar del rencor de su mujer, le tomó la mano.

—Todo va a estar bien. Ya estoy aquí.

—¿Dónde andabas? —la voz de Magali era ronca, gutural, ajena.

¿Dónde había estado? Por un minuto lo olvidó.

—Fui a comprarte un coche, mi amor, una camioneta, Mercedes, blindada para ti y el niño. Y dos guarros armados para que estés bien protegida. Mañana la traen. Tiene el interior gris, digo, beige.

—¿Por qué no contestabas? —dijo la voz de ultratumba antes de jadear otra vez.

Miguel volteó a ver su celular. Veinte llamadas perdidas. Ella no le creía. ¿Se le veían muy rojos los ojos?

—Fui por la camioneta, te lo juro. Pregúntale a Édgar. Mañana la mandan. Luego le llevé unas flores a mi mamá. Tenemos que hablarle para que venga al hospital.

—¡Me vale madres! —gritó Magali.

Al volante, Juan se saltaba semáforos y manejaba con tanto riesgo que ellos permanecieron mudos como en montaña rusa. Cuando llegaron a emergencias ya estaban ahí los doctores, esperando junto al papá de Magali.

—Inyécteme —chillaba.

—¿Dónde está el anestesiólogo?

El doctor Romanoff dijo con voz calmada:

—No hay tiempo. Este arroz ya se coció. Empuja. Vamos, vamos. Respira hondo. Un, dos, tres. ¡Puja! Ya está listo.

Magali entendió de inmediato que no le quedaba otra, y se dedicó a gritar y pujar. Miguel tenía las marcas de las uñas en su brazo todavía. Poco a poco una cabecita llena de pelo fue saliendo del cuerpo como un respiro. Casi lo tuvo que cachar el doctor. Sin limpiarlo siquiera, se lo pusieron a Magali sobre el pecho donde inmediatamente la niña comenzó a chupar. Tenía los ojos abiertos y era rosa como chamoy.

—Felicidades, linda. Has dado a luz a una preciosa bebita.

Dado a luz. Dado a luz. Las palabras resonaban en su interior. Volteó la mirada hacia la bebé, que seguía plácidamente chupando. Tenía mucho pelo —hasta en las orejas—, una naricita chata, los ojos abiertos abiertos y grises.

—Mira qué uñas tiene —dijo el doctor—. Ya estaba lista para salir.

Magali tomó la mano de su hija y la abrió como quien pela una fruta delicada. Y sí, cada dedito minúsculo tenía una uñita que necesitaba cortar.

—Dale pecho. Cinco minutos de cada lado, luego Isabel se la va a llevar para lavarla, tomarle sus huellas y ponerle vacunas. Tienes que estar dichosa. Te podrías ir a tu casa ahora mismo, pero te vamos a dar unos días para que descanses.

Sin avisar, la enfermera le tomó el pecho izquierdo con su mano musculosa, lo aplastó e insertó en la boca del bebé.

—Así es como debe hacerse. Nunca dejes que chupe sólo del pezón porque entonces te salen llagas.

La bebé comenzó a succionar con una fuerza inusitada. Magali sufrió pánico seguido de alivio. ¿Cuándo vendría la primera visita? La enfermera se llevó a la bebé y Magali experimentó el primer vacío. Luego la conciencia de que estaba desnuda frente a su papá y Miguel. ¿En qué momento le habían puesto una bata de hospital? Tomó los cordones de algodón y se cubrió. Recordó, lentamente, cómo el doctor le dio a Miguel las tijeras para que cortara el cordón umbilical y que fue él quien anunció que era niña. Las manos de su esposo temblaban al cortar. Cuando le pusieron a la bebé sobre el pecho, Miguel se había replegado en la esquina junto a su papá. Hablaban. Ella no podía escuchar lo que decían.

Del otro lado del cuarto, la madre de Miguel había seguido a la enfermera y daba reportes de lo que le hacían a la bebé.

—Pesa tres kilos y cien gramos. Mide cincuenta centímetros. ¿Trajeron aretes o le ponemos los del hospital?

Miguel dejaba a su mujer, su hija y casa, con la voracidad de quien no tiene nada. Su Mercedes blindado, su chofer, el desayuno en el estómago desaparecían por completo. Era un lobo hambriento, un tiburón, el macho alfa que debía ir por el caribú. El pan de cada día era para los pobres. Él cazaba búfalos, leones, animales grandes y peligrosos. Propulsado por un hambre insaciable iba adonde los demás no osaban. Voy desprovisto de todo a hacer el mundo mío, pensaba, mientras se adentraba por las calles de La Merced hasta su oficina en el Centro. Despachó los camiones, cerró el contrato con el gobierno de Hidalgo, transfirió la mayor parte de su patrimonio a Uruguay y empezó a ver varias posibilidades de distribuir y vender la mercancía que llegaba a Culiacán en una semana. Luego volvió a hacer llamadas para colocar lo de los culichis. De que la vendía, la vendía. Todo era cuestión de a cuánto. Con los gobiernos era fácil, porque con una aceitadita siempre había lugar en el presupuesto. Los grandes almacenes eran unos cabrones para la negociada, pero si tenía mucho inventario sólo ellos eran capaces de manejar tanto volumen. Era un problema exponencial, por eso necesitaba comprar quince tráileres más. Había gente que le subía cien por ciento a uno y se quedaba con dos. Ése era el negocio de la señora que hacía quesadillas en la esquina. Había hablado una vez con ella: doblaba lo que le costaban los ingredientes, trabajaba todo el día, y apenas podía vivir. Otros, como los cajeros automáticos y los bancos, manejaban porcentajes muy bajos —uno por ciento, cero punto cinco por ciento—, pero de tanto dinero que movían ganaban cifras millonarias. El chiste ahí era el volumen. Miguel estaba cansado de vender caro lo barato, eso no valía la pena. Tenía un límite de a cuánto puedes vender un basurero de plástico. Necesitaba un chingo para volverse rico, y ése era precisamente su plan. El negocio incremental de uno más uno más uno no llegaba a nada. Tenía que ser exponencial: dos, cuatro, ocho, dieciséis, treinta y dos. Su crecimiento debía ser viral. Cada tráiler cargaba treinta y cinco toneladas; duplicar el uso de sus tráileres cada seis meses.

Al despertar de sus peores borracheras, Miguel tenía la costumbre de dirigirse inmediatamente a la regadera sin cuestionárselo dos veces, empezar el día como si se sintiera bien, ignorar la desvelada y la cruda. Se bañaba, se vestía con ropa limpia y planchada; fingía estar sano sin admitir queja o fatiga. Preparaba sus libros, llegaba a clase o al trabajo o al gimnasio, seguía así todas sus actividades sin pausa, hasta caer nuevamente agotado. Sabía que si paraba, si reflexionaba por un minuto en el día anterior, si ponía atención al rugido de sus sienes, se desmoronaría. Una pausa era la muerte. Iba en el coche camino a ver a su mujer en el hospital que estaba hasta Santa Fe. De pronto, su sangre en vez de correr fluidamente por sus venas como caballo de carreras se estancó y empezó a expandirse. Sintió que los ojos se le salían. No cabía en su cuerpo estático. Explosionaba. Iba a llorar. Su corazón estaba a punto de salir volando también. Entonces hizo lo único que podía hacer. Abrió la puerta del coche y salió corriendo. Le indicó más o menos la dirección al chofer y apuntó a su celular. Y así, en menos de diez minutos, se encontraron pasando la Alameda. Diez minutos bastaron para explotar apropiadamente. Con fuerza, como hombre, pudo echar las lágrimas y los mocos. Aulló. Tenía una hija.

Volvió al coche. Intentó visualizar otra vez al bebé rojizo que había visto la noche anterior, pero no pudo. ¿La reconocería entre los otros bebés envueltos en las tinajas de plástico? Dejó de pensar en su hija.

Volvió a la idea de la exponencialidad. Así eran las redes sociales, los virus, la misma reproducción de células de su bebé. Si a cada tráiler le saco otro, pensó. Tomó una página en blanco e hizo un punto que representaba cada uno de los veintiséis tráileres. Debajo de cada uno añadió dos, con lo cual alcanzaban la cifra de cincuenta y dos. Debajo de éstos, dos veces ciento cuatro. Dejó de hacer puntos y se puso simplemente a sumar, a multiplicar, doscientos ocho, cuatrocientos dieciséis, ochocientos treinta y dos, factor de diez, medio millón de tráileres en cinco años, factor de veinte. Era irreal y lo sabía, pero también muy concreto. A cada camión le iba a sacar otro en un plazo de seis meses. Eso sin contar los gastos que su mamá y Magali generaban. Recordaba los cuadernos que llevaba de adolescente con sus notas de apuestas. Le metía lana a todos los deportes, pero le encantaba el basquetbol colegial. Tan pronto como recuperaba la inversión inicial, lo guardaba, después sólo apostaba las ganancias. Aun en sus peores reveses sólo perdió lo que había ganado anteriormente. Nunca arriesgó su capital inicial. El 2 de abril de 1990 apostó a UNVL contra Duke más dinero que el valor del coche que quería. Para un joven de dieciséis años era el universo entero. Lo perdió todo. Unos días, había que asumir pérdidas, pero hoy no.

Conducían sobre avenida Reforma rumbo a La Merced. Miguel acababa de terminar de leer el periódico cuando sonó su celular. Era Daniel.

—Güey, estoy con Édgar. Te tenemos algo.

—A tus órdenes.

—Ven.

—Achis, achis. Qué misteriosos. Voy a la oficina.

—Cabrón. Pasamos por ti en diez.

—Servicio a domicilio.

Les había caído mal que él estuviera de buen humor y haciendo bromas. Sonaban tan serios que se preocupó. ¿Qué sería? Daniel era impredecible. Era dueño de algunos antros, de repente le compraba bebidas, camiones de alcohol sin el sello de Hacienda y de contrabando. Era de sus negocios más rentables. También le había propuesto una vez transportar a unas ucranianas de Veracruz a México.

—No, güey —le había respondido Miguel.

—¿Por qué no?

—Yo no transporto gente.

—Güey. Vienen con gusto, quieren trabajar. Bien que les metes billes en el culo. Ahora muy santito.

Miguel se enojó en ese momento. No estaba seguro de cómo hubiera reaccionado antes o después, pero justo hace unos días había visto en la televisión un episodio de *The Wire* donde unas prostitutas aparecían muertas dentro de un contenedor. La imagen de las mujeres sofocadas lo espantaba. Desde entonces, Daniel le había pedido otros encargos, pero nunca tan importantes como ése. Sabía que había perdido un cliente. Me vale madres, se dijo. Soy un hombre de principios. Ahora tuvo el presentimiento de que esto era algo bueno, algo realmente bueno. Sintió que un halo de energía lo arropaba. Habían dicho que pasaban por él. Pero, ¿cómo sabían dónde estaba? Ya iba a la altura del Tláloc de Antropología. De pronto vio una camioneta negra con placas de Tamaulipas y vidrios blindados que se ponía a su lado. La ventana polarizada se abría, Jorge pudo ver la cara de Daniel.

—Síguelos, Juan.

En un semáforo, subió al otro auto. Tan pronto entró le pidieron su celular y lo catearon. Abrieron una caja metálica y pusieron su teléfono. Ahí había otros aparatos.

—Sí, güey. Puede estar intervenido.

—¿Quién?

—Los federales o la CIA.

Miguel levantó las cejas, dándose por vencido. No se atrevió a preguntar cómo sabían dónde estaba.

Édgar notó su preocupación y volteó hacia Daniel para señalar que ésa era cosa suya, que el negocio era de él.

—Ya sabes —dijo Miguel—, trataba de evitar cualquier malentendido.

—Sí, cabrón. Ya sé.

—Escucha. Está bueno el trato.

Édgar hacía lo posible por conciliar.

Miguel volvió a sentir el halo de energía. Siempre se lo habían preguntado: ¿cómo lo viste? Pero él, desde que el defensa ponía en juego el balón, podía presentir la jugada. Sabía justo dónde posicionarse. No mames. Siempre estás ahí, le había dicho un portero del equipo contrario. Era cierto que también corría más que nadie, pero cuando veía la oportunidad, estaba donde debía de estar. Hoy tenía esa sensación. Le estaban pasando el balón a su cancha. No sería un tiro fácil, pero sí un golazo.

—Necesitamos transportar un cargamento.

—¿De?

—Armas.

—¿Quién es el cliente?

No quería meterse con narcos. Esta vez no era por un sentido de moralidad, sino de miedo.

—Yo —contestó Édgar—. Para mi empresa de seguridad. Cada vez me piden más guarros y no doy abasto. Voy a expandir el negocio. Ahora los voy a entrenar. Me sobran elementos. ¿Te acuerdas del rancho de mi abuela?

Miguel evocó un paraje en Hidalgo o Morelos. Nada especial. Había un ojo de agua, una casa vieja, cervezas.

—Ya lo equipé para dar entrenamiento. Finalmente tengo lo que me faltaba.

—¿Huevos?

—Los permisos de portación.

—¿Dónde están las armas?

Miguel intentaba tomar control de la situación.

—Me las entregan en Matamoros en una semana.

—¿Cuántas?

—Son cuatro cajas.

Se sentía fuera de su liga. No sabía cuántas armas había en una caja ni de qué tipo de munición hablaban ni de qué tamaño eran las cajas. ¿Qué pasaba si los descubrían?

—¿Antes o después de la garita?

—Después. En Matamoros centro, pero hay retenes por toda la carretera.

—¿Qué son?

—Armas.

—Sí, güey. Pero qué tipo. Qué calibre. Cuántas por caja. Cuánto pesan. Sabes cómo manejo mis camiones. Si llevo tres toneladas de pepinos y hay cien gramos más, me entero.

Intentaba no sonar desesperado.

—Me tienen que decir exactamente de qué estamos hablando. Y también por qué está Daniel aquí, ¿cómo está el rollo?

—No sabemos —contestaron al unísono.

—¿No saben?

—No.

Quería mandarlos a la verga. Ahora eran ellos los que parecían niños con la tarea a medio terminar.

—Creemos que son partes —dijo Daniel, finalmente—. Me debían una lana y me dieron esto. Pero aquí está el asunto. No nada más son ésas. Van a seguir viniendo.

—A ver. Barajeamela más despacio. Y si quieren tratar conmigo van a tener que hacerme sentir que sé lo mismo que ustedes y que no me están escondiendo nada. Al final de cuentas yo soy el que está poniendo el pellejo.

La historia era ésta: uno de los grandes, de los jefes, estaba en el Cereso. Habían matado a su hermano, que era el mero operativo. Por ahora querían llevársela leve. Perdieron a sus distribuidores y estaban desmantelados. Lo único que les quedaba ahorita era su contacto con el otro lado que les ponía armas. Partes, pero se ensamblaban facilito. En tres o cuatro envíos tendrían el material completo, hasta con balas. Llevaban más de un año haciéndole así y no les habían fallado. El grande era contacto de Daniel. Lo que Édgar aportaba era colocarlas con los guarros y vender lo que sobrara.

—No sabes cómo me han pedido armas. Quieren el carro, quieren la Uzi, el guarro. Hasta estoy hablando con un coreano que vende sistemas de seguridad. Voy a dar el servicio completo.

—Una Uzi, así como para la mesita de noche.

Miguel dijo esto sin pensar, se dio cuenta enseguida y se interrumpió.

—Güey, ¿cuántos de tus conocidos tienen ranchos?

—Todos.

—¿Y cómo crees que van a cuidar su propiedad?

—¿No has visto el arsenal de los Herrera?

Miguel sí lo había visto. Junto a la cava, Felipe Herrera guardaba su importante colección.

—Pero Felipe está loco. Todo mundo sabe —contestó Édgar.

Entonces empezó a dictar una larga lista de apellidos: los Gómez, los López, Daniel Ochoa, Francisco Sánchez Flores, Paco García. Pero ésos no eran los grandes.

—Las empresas necesitan seguridad, los bancos, yo voy a competir con todas las empresas de seguridad privada. El charro ese que tienes en tu cuadra.

—Ése es policía del DF.

—No, cabrón. Es de la junta de colonos. Tú le pagas el sueldo. Pregúntale a tu vieja.

Miguel empezó a darse cuenta de la dimensión de lo que hablaban. Hace dos días se había sorprendido de que en el club de golf hubiera guardias armados.

—¿Y dónde quieren que las deje? Tu rancho no está pavimentado.

—Las queremos distribuidas en diferentes sitios. Así lo tenían ellos organizado y hasta ahora ha funcionado muy bien. Ya sabes cómo dicen: *"If it ain't broken…"* Tienen cinco centros. Ahí más o menos hacen el inventario y luego es como las piezas de un rompecabezas. Unas pa'cá otras pa'llá.

Miguel calculó que no le vendría mal tener una flotilla pequeña de camionetas. Algunos camiones tórtolas pasaban bastante desapercibidos.

—¿De cuánto estamos hablando?

—Entre un millón y dos por entrega.

—Hay mucha diferencia entre un millón o dos.

Asintieron en silencio.

—¿Cada cuándo reciben?

—Cada quince días.

Llevaban más de una hora dentro del auto. Miguel no había puesto atención a la dirección. Pero ahora el coche se estacionaba y estaban frente a uno de los *tables* de Daniel. Miguel se dio cuenta de algo de pronto. Acercó sus labios al oído de Édgar:

—¿De quién es el chofer?

Édgar mantuvo silencio.

Más tarde, en el antro, cuidándose de que ni siquiera una mesera estuviera cerca —lo cual era difícil porque rondaban la mesa como moscas—, Édgar le confió a Miguel que el que manejaba era el hermano del capo.

—¿El muerto?

—Sí.

Tuvo suerte de haber aceptado. De todas formas había caído en la trampa. Esa noche, cuando llegó a su casa, para no tentar el destino, abrió una botella de champaña que compartió con su mujer. Decidió que aunque sólo habían pasado veinticinco días desde el parto, ya no aplicaba la cuarentena.

Miguel no tenía que poner el despertador. Estaba alerta de cada minuto que pasaba aun durante la noche. No era que no durmiera; su reloj interno no se desconectaba. Había quedado de jugar tenis con Eduardo Aguirre. Decidió ducharse con agua fría para sacudir la cruda y tomó un Gatorade del refrigerador. Condujo su coche hasta el club de tenis. A esa hora no había tráfico; llegó en cinco minutos. No tenía miedo de jugar con Eduardo. Sabía que su propio nivel era mejor, le venía bien incluso estar crudo. Lo que más trabajo le costaba era contenerse y dejarse ganar. Más de una vez había perdido control de sus emociones y había ganado, con no muy buenas consecuencias. A Eduardo Aguirre era mejor dejarlo ganar. Sobre todo ahora. Eduardo era nieto del presidente Echeverría y tenía, además de negocios que frecuentemente utilizaban los servicios González, conexiones importantes. Sacó su raqueta de la funda y empezó a calentar brazos y hombros hasta que vio llegar a su contrincante.

—Listo, compadre. Vas a ver qué putiza te voy a poner.

—No sé —dijo Miguel, contento de haberlo vencido la vez anterior—. ¿Sigues ardido o qué?

Mientras Eduardo se colocaba en su lado de la cancha para comenzar la volea, Miguel pensó decirle que se le notaba lo ardido en cómo caminaba. Tenía un modito particular, levantaba los talones de modo exagerado. Pero lo dejó pasar. Miguel no había perdido el swing que tenía desde que en su adolescencia fue campeón nacional. Dejó de competir a los dieciséis años porque su vida social y de discotecas le impedía estar a nivel. Pero desde entonces, casi veinte años después, su cuerpo mantenía la memoria del golpe. Podía ver la bola con claridad cuando se aproximaba como en cámara lenta, anticipar el rebote y contestar con fuerza. Ahora procuraba ponerlos cerca de su oponente, facilitarle la respuesta. Eduardo no jugaba mal, pero cuando fallaba se frustraba y cometía tantos errores que se convertía en un rival fácil. No estaba ahí para jugar tenis con Eduardo, se recordó a sí mismo: estaba ahí para que lo conectara con el general Aguirre.

—Dame dos saques —le pidió Eduardo al empezar.

Miguel se los contestó sin dificultad. Como estaba tan crudo, ideó una nueva táctica: jugaría duro contra Eduardo, poniéndole las bolas en las esquinas y fuera de su alcance. Aprovecharía su poderoso saque, pero no correría tras todas las pelotas como era su costumbre. Sería más laxo consigo mismo y más despiadado hacia su oponente. La estrategia dio resultado. Jugaron tres sets. Miguel ganó el segundo, un poco a pesar de él. Hubiese preferido jugar sólo dos sets, pero su rival se frustró y cometió tantas faltas que le fue imposible no ganar.

Eduardo se quitó la camisa empapada de sudor. Miguel estuvo a punto de molestarlo, burlándose de su barriga, pero recordó con quién estaba. Se enfocó.

—¿Quieres desayunar? ¿Cómo andas, güey?

Los dos pidieron huevos rancheros, café y jugo. Miguel empezó a sentirse mejor.

—Oyes. Ayer vino Daniel conmigo.

—¿Qué Daniel?

—Kuri. El de los antros.

—Ah, sí. Ya sé quien.

—¿Qué sabes de él?

—No, pos nada. Que tiene antros y que es bien movido. Es amigo de López.

—¿De Javier?

—Sí.

—¿Son de Tijuana?

—Uts, no sé. Ni idea.

—Quería preguntarle sobre él a tu tío.

—¿A cuál?

—Al general Aguirre —respondió Miguel.

—No es mi tío.

—¿No? Pensé que era.

—No. Era la mano derecha de mi abuelo. Lo del apellido es coincidencia.

—Ah.

Miguel forzó una risa.

—¿Que no le viste la cara de indio?

—No, güey. Ni lo conozco. Sólo sé que maneja la plaza de Tijuana y que me puede dar información del Kuri. Ese güey me da no sé qué, cabrón.

—Sí, cabrón. A ti todos te dan miedo. ¿Qué va a pasar cuando estés ruco, si ya ahorita no te puedes mover? Jugaste como viejito y piensas como viejito. Reflexiona, cabrón. ¿Qué es lo peor que te puede pasar?

—No sé —contestó Miguel—. Me da mala espina.

—Y con toda razón, güey. Aquí hay puro cadillo. Pero no te libras. Me acuerdo de tu papá. ¿Te acuerdas de ese día en que se dio cuenta de que estábamos pedos y le habíamos volado su whisky?

—Sí.

Miguel se puso rojo. Su papá le había dado nalgadas, bajándole los pantalones enfrente de sus amigos. Cómo lo odió después.

—Pues a mí me dio envidia.

—¿Envidia, güey? ¿Cómo te puede dar envidia eso?

—Mi papá nunca me regañó. Siempre le valí madres. Tampoco me enseñó a jugar tenis. Me mandaba al club, sí. Pero yo veía a tu jefe jugar contigo. Te acompañaba a todos tus torneos. ¿Te acuerdas de los partidos de fut del colegio? ¿Cuándo viste a alguien de mi familia?

—No. No me acuerdo.

—Me llevaba el chofer y Juanita. Luego, cuando ya me dio pena que viniera Juanita, sólo el chofer. Pero lo que yo te estoy diciendo es que no puedes seguir pensando como si tu jefe estuviera aquí. Ya no tienes que ser el chico bien portado. Tú ya eres el jefe. Yo sé cómo tu papá manejaba el negocio, todo correctito. Pero si tú quieres hacerlo te vas a tener que arriesgar y tratar con gente como el Kuri. Yo hablo con mi tío.

—¿No que no era?

—Te estoy echando pedo, cabrón. Me gustó lo de tío. Ja, ja. Te mando sus datos luego. Vas a tener que ir a verlo. Creo que ya no sale.

—¿Ya no sale de dónde?

—De su casa, güey. Tiene… ¿cómo le dicen? Cuando te da miedo salir.

—Agorafobia.

—Sí, cabrón. Eso. Pero yo hablo con él.

En el camino, Miguel llamó a Magali por teléfono:

—Ya sé que hace dos días no veo a Maggi, pero tengo que salir a una reunión de emergencia. No, no pasó nada. Es con un proveedor muy importante del norte, y cuando él te dice que vayas, vas. ¿Cómo que dónde? En el norte. Norte, punto. ¿Para qué preguntas? Sí. Tenme lista mi maleta. Al rato paso. No, no. Déjame ver. Igual me conviene salir mañana. Ir y venir. Pérame.

Y le cortó.

En lo alto de una pequeña colina, en una colonia residencial que a los ojos de Miguel se veía *dos-tres*, estaba la residencia particular del general Aguirre. Lo recogieron en su hotel, donde la noche anterior le habían mandado unas mujeres de cortesía. Normalmente Miguel les hubiera dicho que no gracias. No se veía a sí mismo como un hombre de putas. Pero éstas estaban particularmente lindas. Y como eran dos, les pidió que se entretuvieran un rato mientras él observaba. En cinco minutos ya estaba más que prendido, listo para jalársela mientras las veía como si tuviera un video porno en tercera dimensión. Una de las chicas, la que tenía una tanga negra y pechos chiquitos pero redondos, fue hacia él y comenzó a mamársela. La otra, una falsa rubia que no estaba nada mal, abrió las piernas al borde de la cama y continuó el show, tocándose y gimiendo. Miguel disfrutaba del espectáculo y trató de contenerse lo más que pudo. Casi al final, la rubia se aproximó a él. Pensó que iba a hacerle relevo a la chiquita, pero al contrario, la empezó a chupar. El chiste que contaban sus amigos era así: les pagas para que se vayan. Pero Miguel lamentó cuando se fueron. Cuando le tocara a él ser anfitrión, trataría de regresar el favor. Viajaba ahora en una camioneta blindada y con cuatro hombres armados. Él iba en el asiento de en medio. Le sorprendió lo tranquilo que se sentía. Se abrió una pesada puerta eléctrica y quedó atorado por un minuto entre dos cortinas de hierro, hasta que se abrió la segunda. El coche pasó por un pabellón bordeado de cipreses, al fondo había una fuente de cantera como las que adornan las plazas de Michoacán. Aguirre era michoacano, Miguel ya había averiguado su historia. Era el hijo de la sirvienta, veinte años menor que Luis Echeverría. Cuando éste empezó a subir al poder, Aguirre fue su chofer. Pronto se convirtió en su hombre de confianza. Decían que no se le olvidaba un dato, que tenía memoria fotográfica. Cuando en 1967 el presidente mandó al ejército a erradicar los plantíos de mariguana, Aguirre se encargó de organizar a aquellos que seguían de pie. Integración horizontal, ése era el nombre que para esa estrategia Miguel había aprendido en sus cursos de negocios del IPADE. El general era sobre todo un hombre de negocios. Había que tratarlo así. Le parecía inverosímil la cantidad de estancias que tenían que pasar, todas con hombres armados, hasta llegar al general. Parecía un parque temático: una habitación para cada país, una casa para cada época. Vio un comedor claramente inglés, con sillas Chippendale y no, no podía ser un Warhol. Una imitación, seguro. Luego pasó por una sala china de madera laqueada con

41

taburetes de seda y bordados. Un salón francés salido de Versalles. Un espacio casi vacío de mármol blanco con columnas manieristas. Una cantina con puertas de corral y equipales donde sólo faltaba Pancho Villa. La casa parecía no tener fin. Cuando salió de ahí no le pareció tan lejana la puerta principal. Pensó que quizás había doblado esquinas y el recorrido había sido circular. Le vinieron a la cabeza algunas frases de esa intensa velada con el general.

"Dicen que Fidel Castro duerme en una casa distinta cada día."

"Nadie conoce dónde están las otras salidas. Iban a morir de todas formas, fue algo humanitario."

"No es ningún secreto, pero para encontrarme tienen que entrar hasta aquí. Ya ves Hitler. Nadie tiene su cuerpo. Hay maneras."

"Debes de tener mentores, ponerte metas, fijarte en quien admiras e imitarlos, seguir ejemplo. Yo puedo usar a alguien como tú. Ahí en La Merced estás seguro. Ese territorio es mío. Yo te mando alguien que te dé indicaciones. Nos sobra trabajo. El gobierno cree que es contra ellos, nos vale madres. Ahorita estamos viendo China, buscando oportunidades. Sí, sí. De repente nos movías un cargamento pirata. Pero ahora sí. Estamos en confianza."

El general Aguirre le había hablado durante horas de lo irracional que era el mundo. Le había parecido un tipo sensato. Estaba contento de haber ido a conocerlo, ya no se sentía desprotegido. El Kuri tenía que aprender con quién se estaba metiendo.

—¿Te gusta la casa? —había puntualizado Aguirre—. Estuve muchos años fuera. Casi diez. Viajé por el mundo. Me volví coleccionista. No me gusta tener mucho dinero en el banco, para qué. Entonces yo compraba y se lo mandaba a mi mujer aquí. Ella me hizo este palacio. Sí. ¿Te gusta?

Miguel hizo un listado en su mente de las personas ricas y poderosas que conocía: primero el hombre con más dinero del mundo, quien afianzó su fortuna con la privatización de Teléfonos de México. Nadie negaba que no fuera un genio financiero, parecía tener el toque Midas. Sin embargo, su fortuna era alimentada por millones de pequeños pagos que recibía mensualmente de los usuarios que no tenían otra opción. Al integrar su monopolio compró también constructoras, industrias químicas, tabacaleras, fábricas de cobre, de transformadores y de cable, para no tener sólo el control del primer mercado, sino también de todos los secundarios. Ahora era dueño además de cafeterías, panaderías, librerías, centros comerciales, colonias enteras; su poder era tanto que ya no sabía qué hacer con él, pensaba Miguel. Era claro, por ejemplo, que nadie podría llegar a ganar unas elecciones sin contar con su visto bueno. Luego pensó en los dueños de las dos televisoras. Si no eran los segundos hombres más ricos, sí eran los que seguían en poder. Ellos controlaban la opinión pública. Los dueños de los periódicos y estaciones de radio, todos mercados muy controlados, eran igualmente personajes influyentes, aunque menores. Se veían obligados a bailar al son de los grandes. Lo hacían sin chistar y les iba muy bien. El dueño del maíz y las tortillas, y de la harina de maíz y de las máquinas de hacer tortillas, en un país donde la mayoría de la población se alimenta principalmente de elote, era uno solo. Había una empresa nacional de cemento, que también vendía materiales de construcción. Había un dueño del pan y de pastelillos empaquetados. Dos cervecerías, dos embotelladoras. Los bancos pertenecían a un puñado de familias. El señor del teléfono y el de las tortillas tenían cada uno su banco. Con su poder económico los principales monopolistas habían engullido cualquier empresa que les pareciera lucrativa: cigarros, alcohol, constructoras, equipos de futbol, todos eran controlados por los mismos. Había dos cadenas de cine, dos grandes supermercados, dos transportes de pasajeros, una aerolínea. Miguel pensó en los amigos de sus papás, o más bien en sus abuelos que habían llegado de España. O de Líbano, como los de Magali. Todos habían sido comerciantes, establecieron pequeños negocios, no tenían que ser muy brillantes para triunfar. Simplemente el incremento de población les beneficiaba. Aunque Miguel recordaba además haber oído que navegaron varias crisis y expropiaciones. Quizá de ahí, de verse amenazados, empezó su instinto de dominio: por no someterse más al arbitrio del gobierno, por tomar control económico del país. Había otros ricos, los que trabajaban en el sector público. Los gobernadores, diputados, alcaldes, senadores, aquellos que siempre encontraban un puesto para alguien en el Poder Judicial o en Pemex. Eran máquinas para generar empleos. Siempre había un organismo descentralizado, independiente, o quizás una paraestatal que controlar. Una vez que triunfaban en el gobierno podían también dar el salto a los negocios. ¿Cómo no? Con esa plataforma. Ahí estaban todos los hijos de presidentes del siglo pasado: los Calles, los Ordaz, los Cárdenas, los Alemán, los Echeverría, y los Salinas, apellidos salidos de los libros de historia. Sabía que en el norte había algunas fortunas de industriales. En Veracruz y Sinaloa, agricultores muy ricos. Un primo de él se casó con una niña de San Luis Potosí que tenía bastante lana. Tenían dinero como sus papás habían tenido, para la casa, el club, los colegios y un par de viajes al año. Quizás un poco más. Pero los otros, los que él estaba contando, no tenían millones: tenían cientos, miles de millones y ninguno los había tenido por la buena. Así pasaba con los reyes, con los papas, con la Europa colonial, con Google y Microsoft, con la energía nuclear. La idea era asegurar una ventaja y no dejarla ir. Estaba pensando que si en verdad quería tener el monopolio nacional del transporte de carga, uno de los pocos mercados que aún estaba abierto —soñar no costaba nada— iba a tener que crear un sindicato con un líder controlado por él, ésa era la forma de joderse a sus competidores, una huelguita aquí, otra allá. Debía unir a sus cincuenta empleados, porque pronto tenía pensado tener más de quinientos. Todo el dinero que venía del negocio con el Kuri lo estaba reinvirtiendo para moverle mercancía al general Aguirre. Todo lo de Aguirre, que era más de lo que había ganado en años de mover tráileres, lo estaba metiendo otra vez en comprar unidades, porque a largo plazo era la manera más eficiente de mover mercancía legal. Sí, una flotilla de aviones no estaba mal, pero con el costo del petróleo no se podía. Ésa era otra. Tenía que averiguar cómo hacerse de gasolina clandestina. Sabía que existía un mercado, simplemente por lo que reportaban los periódicos. A cada rato encontraban una tubería desviada. Alguien tenía que estar comprando. Miguel sospechaba que el negocio venía de adentro. En su devaneo llegó hasta imaginarse dueño de ferrocarriles que recorrían el país de punta a punta, puertos y barcos trasatlánticos. Aterrizó sus ideas en un diagrama de flujo. Estableció una lista de prioridades. Tenía una cosa bien clara: solo no llegaría a ningún sitio. Necesitaba hacerse de personas brillantes. Un par de amigos suyos deseaban cambiar de empleo, era difícil encontrar mejores oportunidades porque ya gozaban de salarios de primera. José tenía una maestría en administración de Stanford y había trabajado unos años en McKenzie antes de entrar a Procter & Gamble, pero el trabajo ahí no era lo que él pensaba, y Miguel creía que consideraría un cambio. Alonso había estudiado con él en el ITAM, trabajaba en Nueva York en un banco, pero hace poco había oído a Magali decir que su esposa ya no quería estar ahí, con dos niños y lejos de su familia. Alonso viajaba mucho, probablemente por gusto más que necesidad. Le ofrecería algo donde continuara viajando, pero ahora con la esposa cerca de sus padres. Tenía claro que sus amigos quizás no eran tan abiertos de mente como él. Que no podían, por ejemplo, tratar con personajes como el general. Pero él sabría cómo organizarse.

Invitó a comer a Mateo du Coin, que trabajaba en Pemex desde hacía diez años. Lo primero era simplemente obtener información. No había necesidad de delatar lo que él quería. Simplemente tenía que escuchar. Pidió una botella de vino. Buena, pero no exagerada. Miguel no pretendía conocer de vinos. Su elección era simplemente guiada por el precio. Sabía que su amigo sí lo disfrutaba.

—Ah, qué rico —dijo Mateo al ver la botella—. Muy buena elección. Ahorita estos vinos están listos para tomarse. Ya casi nadie pide franceses. No los valoran, pero mira qué color.

El mesero lo sirvió después de que Miguel se rehusara a catarlo. Mateo le dio varias vueltas a la copa para que el vino girara sobre el cristal, inhaló el aroma y tomó un sorbo con el cual casi hizo gárgaras, rodándolo en su paladar como si fuera enjuague bucal. A Miguel le pareció tan ridículo y pretencioso. Ya por ese gesto descubrió por dónde pegarle. Él había bebido, por casualidades de la vida, los vinos más finos. El papá de su amigo Jorge Po tenía una de las mejores cavas de todo México, quizás del mundo, y desde que se dio cuenta de que nunca sería capaz de ingerir todo lo que tenía almacenado, se había vuelto muy generoso con sus botellas. Los invitaba frecuentemente a probar algunos que estaban ranqueados por Parker en 97 y 98 puntos. Era amigo también de Sebastian Mallet, uno de los dueños de San Bernardo en Ensenada. Había ido un par de veces a la vendimia y catado gran cantidad. Ni los *sommeliers* más sofisticados hacían tal pantomima.

—Me agrada que te guste. Estuvimos hace un año en Loira y luego fuimos a Burdeos.

Miguel se dio cuenta de que enunció la región francesa como su mamá y no con pronunciación gala, que era lo que se usaba. El viaje era absolutamente inventado, pero fue el anzuelo que necesitaba lanzar. El resto de la comida Mateo le habló de todos los viajes que había hecho en su vida y Miguel lo escuchó con fingido interés. Comentaban de vez en cuando sobre la comida. Ya en el postre le preguntó si trataba con alguien del sindicato, y cuál era su opinión. Mateo le dijo que había un abogado que se llamaba Aníbal, quien había subido los escaños de la empresa desde los dieciséis años cuando entró de recadero. Ahora manejaba una parte importante dentro del sindicato, y a Mateo le intimidaba su astucia. Ésos son los mejores, pensó Miguel. Pidieron dos expresos y un coñac cada quien. Cuando Miguel estaba pagando la cuenta, Mateo le dijo:

—Pensé que me ibas a preguntar de la gasolina.

Miguel no lo había hecho, no creía que éste tuviera el perfil de estar involucrado.

—¿De qué gasolina? —fingió.

—Es que manejamos una oferta para negocios de interés nacional.

—¿En serio?

—Tú, ¿como cuánto consumes?

—¡Un huevo! Es mi mayor gasto.

—Si inviertes en energía yo te puedo ayudar.

Pidieron otro coñac. Ahora sí Miguel estaba en el quinto cielo.

—Es mi sueño invertir en energía. Está claro. Como va el mundo, es ahí donde hay que apostarle.

—Estoy haciendo una consultoría. Si le entras podemos conseguirte un precio especial.

—Dime dónde firmo —le dijo Miguel—. Pero antes, me gustaría invitarte a ti y a tu vieja a un viajecito a *Bordeaux*. Te va a llamar mi agente de viajes.

—Bueno, entonces puedo ofrecerte serie A. Sólo estoy invitando a amigos íntimos y familia.

El negocio con Mateo du Coin fue mejor de lo que había anticipado. Consistía en vender a estados y municipios energía verde: paneles solares, aerogeneradores e hidroeléctrica. La tecnología venía de una empresa portuguesa-brasileña que se beneficiaba de subsidios de la Unión Europea. Al terminar los sexenios, en el caso de los estados, y los trienios, en el caso de los municipios, era común que quedaran fondos disponibles en el presupuesto que debían utilizarse antes de que se perdieran. Ellos tenían capacidad de instalar plantas de energía en plazos tan cortos como cuatro semanas. A veces los detenían ciertos trámites legales, el municipio tenía que dar un terreno en comodato para poner los paneles o aerogeneradores. Casi todos tenían un cerro o un pedazo de desierto, tierra mala de sobra que era lo que se necesitaba, y en las fotos para prensa de las inauguraciones los gobernantes salientes lucían como hacedores y visionarios. Una de las técnicas que había ideado Du Coin para vender el proyecto era mostrar al alcalde un *render* de la supuesta planta con su foto cortando el listón para que se pudiera visualizar a sí mismo. A veces pienso que podríamos vender las puras fotos, ni siquiera tenemos que molestarnos por poner las plantas de energía verde, decía Du Coin al ver lo bien que estaba funcionando el proyecto. Pero el verdadero negocio venía después, en la letra pequeña del contrato, que aunque fuera leída y entendida se pasaba por alto porque correspondería a la siguiente administración. Las cuotas de mantenimiento eran exorbitantes, ellos eran los únicos capacitados para arreglar los paneles fabricados en China y los aerogeneradores que se descomponían y debían reponerse con frecuencia.

Mateo du Coin había establecido una empresa paralela con su cuñado como encargado de dar mantenimiento a los equipos. Tenían treinta empleados que viajaban por todo el país haciendo reparaciones. ¡Cómo se partía de risa Miguel cada vez que alguien mencionaba la energía verde, y él les contaba que era socio de una empresa de energía alternativa! Además habían logrado una exención de impuestos y créditos de Nacional Financiera en condiciones inmejorables. El gobierno federal, atorado hasta las narices con la reforma eléctrica, necesitaba encontrar soluciones alternativas. Las acciones de Serie A eran las únicas que otorgaban dividendos. Mateo había organizado todo esto sin dejar su puesto en Pemex.

Miguel no paraba de hablar por su celular.

—¿Te acuerdas de que me pediste que te avisara cuando supiera de algo? Ya lo tengo. Sí. Necesito que me ayudes. Lo que estás ganando ahora más comisión. Tenemos dos modelos: te hago accionista o te doy bonos. Según el nivel de riesgo que te acomode. Quiero reestructurar. Una *holding* y subsidiarias. Sí. Con control de voto. Que se vea bien limpio, pero que no exista forma de penetrar la estructura corporativa ni fincar responsabilidades. Tú eres el experto en eso, yo sigo lo que me digas. Tengo que manejar mis inversiones, sí. Diseñar la estrategia a largo plazo. Transparentar los procesos para que no se puedan ver. Claro. Como el juego de dónde quedó la bolita. Ajá. Manejarnos como una multinacional. Limitar nuestra exposición. Diversificar. Sí. En la Isla de Man está bien. Donde tú digas. Tengo ocho prestanombres; todos son de confianza. Cambiemos la fecha del contrato. Sí. Lo hacemos en dos pagos para que no levante alarmas. Sí. Tu mismo sueldo pero en dólares. Más un bono que depende de lo que hagamos en el año. Ya te mandé los del año pasado. Preferiría que trabajáramos con mi contador. No. ¿Para qué un auditor externo?

Pero no hace falta capital. Moverlo bien. Ya hablé con Aníbal. Está al tanto. Necesita tres conchas. Conchas, güey. *Shells*. Empresas de papel. Me están robando los pinches abogados. Tengo cuatro tráileres llenos de despensas. Se acaba tu campaña en cuatro días: le das la notaría a mi cuate o no te llega la mercancía. Así, como oíste. Quiero la notaría ya. Te salió barata, papito. Vamos a hacerlo *in house*. Contrata al socio. ¿Es bueno? No mames. No, cabrón. Todo tiene un precio. Dile que o le llega él o le llego yo. A huevo, cabrón. ¿Para qué quieres meterte a jugar con las divisas? Ya sé que eres experto en eso. ¿Cuánto calculas que le sacamos si jineteas la lana? ¿Y si perdemos? Saco un seguro. Sí. Aníbal, en el IMSS, a todos. Habla con Joaquín. Amor, te digo que uses cinco tarjetas. Porque sí. Así me dijo el contador. Sí. Para los impuestos. Dos mil en cada. Sí. Ya no chingues, ¿quieres cuatro, entonces? No, pues. Ándale. ¿General? Cambio de planes. Va mi mujer. Sí. Mi esposa y mi hermano. No, no podemos. Marcha atrás. Otro. Otro. Me vale madres. Yo digo que se cambie. Porque lo digo yo. Sí. No va. ¿Entendido? *No go*. No me diga cómo hacer las cosas, yo las hago y ya. ¿No hay ninguna que se vea más finolis? ¿Más natural? Ándale, ésa. La chiquita, sí. Dos. Siempre dos. Las entrevistas antes y después, no les pagas si no hablan. Me mandas el reporte. No es por pervertido, pinche idiota. Sí, cabrón. Si cogieras con tu mujer también lo sabría, pendejo. ¿General? Ya ve cómo sí cumplo. Amador tiene las firmas. Ya está.

Todo se estaba volviendo más grande. Tenía tres oficinas. A los niños bien les había conseguido un piso entero en Montes Urales. Se lo habían entregado con todo: mobiliario, líneas de teléfono, computadoras, hasta papel dentro de las impresoras. El dueño estaba acusado de lavado de dinero y había huido. Miguel lo subarrendaba de la Unidad Especializada de Bienes Decomisados en la Lucha al Combate del Narcotráfico. Nunca le llegaron recibos de teléfono. Miguel recordó un proverbio chino: "Ponte en el lugar correcto y las cosas llegarán a ti". O algo por el estilo. Desde que empezó a trabajar con el Kuri y el general, sus teléfonos no dejaban de sonar. Las noches no se diferenciaban del día, en su cabeza las conversaciones no tenían fin. Seguían los números, los cálculos, los conflictos. Cada una de sus gentes estaba a tope y seguían contratando a más. Aníbal había creado, junto con José, dos oficinas de recursos humanos. Sentía como si bajara una pendiente de doble diamante que no tenía fin, llena de obstáculos. Un paso en falso y podía romperse desde la rodilla hasta el cuello. No tenía tiempo de pensar. Dejaba que sus instintos lo guiaran, navegando cada bache con la inteligencia de la velocidad, de sus rodillas y músculos. Si se detenía un instante a pensar siquiera en lo que estaba haciendo, sería una caída segura. Una vez empezado el descenso lo único que podía hacer era seguir. La diferencia era que aquí era ascenso. Estaba convencido de ello. Subía. Nunca había experimentado una sensación así, un *rush* igual. No existía droga en el mundo que imitara el éxtasis que sentía. Las tres líneas de coca que tomaba de vez en cuando le parecían ahora el equivalente a una cuba libre, algo sabroso y estimulante pero de lo más ordinario. En cambio, recordaba cómo a los doce años tomar una cuba había sido lo más especial, más que ganar un torneo de tenis, tanto por el hecho de estar prohibido y castigado por su papá como por la reacción física que producía en su cuerpo aún infantil. Miguel estaba seguro de que se iba a acostumbrar al ritmo. Esperaba que la emoción fuera a pasar. Nunca las putas del general Aguirre le gustaron tanto como aquella primera vez. Nada duraba para siempre. Estaba acostumbrado a los bajones, a que terminara el partido y se quedara con el sentimiento amargo del gol fallido mientras la gloria efímera de aquellos anotados se desvanecía.

Sonó el celular. Una voz desconocida le leyó las matrícula del avión que transportaba a Magali y a Jorge. La policía lo había interceptado. Miguel empezó de inmediato a averiguar qué había ocurrido, pero tardó dos horas en enterarse de que su avión había cambiado de ruta y aterrizado en Morelos. Dos más en llegar al Ministerio

Público de Jiutepec para liberar a su mujer y a la novia de su hermano. No sabía quién lo había traicionado. Podía ser el general Aguirre o algún enemigo del general. Podía ser alguien de dentro. Podía ser quien fuera. Ese avión no llevaba armas. Las habían plantado. Era hasta ridículo que fueran dos uzis, casi como si hubieran puesto un ramo de rosas con plantas de mota. La mayoría de sus conocidos tenía un par de uzis. No eran la gran cosa. Esto le hacía suponer que alguien sabía muy bien lo que estaba haciendo, o bien un amateur. Dos extremos del mismo péndulo. Una vez integrado como delito federal, era considerado como grave sin derecho a fianza.

El capitán encargado del operativo le había asegurado que actuó por un pitazo anónimo, que la orden no vino de arriba y que una vez estando ahí no le quedaba más remedio que seguir los procedimientos. La prensa llegó porque estaban como perros oyendo las señales de los radios. Pura mala suerte.

Los dos pilotos habían desaparecido. Aníbal estaba tras ellos. Los papeles que entregaron eran falsos, pero eso era muy común en la profesión. Seguramente mantendrían un perfil bajo por un tiempo y luego saldrían. Hijos de puta, al menos debían dar la cara. Con Aguirre no le quedaba de otra más que seguir con él mientras continuara mandándole que hacer. El parásito no debía jamás aniquilar a su anfitrión.

Miguel estaba consciente de que debía de hablar con su mamá. Hacía tres días que debió decirle. Lo sabía y sin embargo no encontraba el valor para hacerlo. No se podía rajar. No podía no hacerlo. ¿Cuánto más sin que su madre se enterara? ¿Cuánto tardaría Jorge en llamarla por teléfono? ¿O Magali en que se le saliera algo? Tenía que verla hoy. Ahorita.

Le abrieron el portón. Condujo el coche al garaje. Al bajar le informaron que su mamá no estaba. Había ido al club. No tardaba en llegar, le dijeron las muchachas. Decidió esperar. Le sirvieron un café en la sala, como de costumbre. Pero él no podía estar sentado. Subió las escaleras a la segunda planta, donde había transcurrido su infancia, y se encontró de pronto en el cuarto de Jorge. Su mamá no había cambiado nada desde que se fueron de casa. La ropa de su papá, su cepillo de dientes, seguían en su lugar como si viviera aún. Los cuartos de los *niños* estaban tal cual, con sus libros de infancia, de adolescencia y de universidad. El suyo con sus trofeos y medallas. El de Jorge, impecablemente ordenado —como él—, el dibujo del Partenón en la pared que había copiado y que le había tomado meses hacer. Jorge había pasado por todas las épocas, casi en orden cronológico. De niño le obsesionaban los dinosaurios y no dejaba de hablar de ellos. Cualquier conversación desembocaba en algo del Mesozoico. La colección de fósiles, que Miguel envidió en algún momento, aún estaba sobre el librero. Luego se interesó por los egipcios, por la Grecia antigua y los romanos, hasta que desembocó en un largo romance con la cultura francesa. Durante años tomó clases en la Alianza. De ahí, decía, había nacido su amor por los derechos humanos, Rousseau y los filósofos franceses. Había pasado un verano en París. Miguel trató de recordar cuál, si el último o el penúltimo de la preparatoria. Regresó disfrazado. Todavía no estaba claro qué había deseado parecer con su *look* de bigote extradelgado y gazné, acompañado con un saco de terciopelo guinda oscuro. El chofer lo recogió en el aeropuerto; Miguel fue el primero en encontrarlo. Tan pronto como lo vio, lo jaló del gazné hasta su cuarto y cerró la puerta. Sosteniéndolo todavía del cuello, le dio una cachetada.

—¿Estás pendejo o qué?

—Déjame.

Jorge rabiaba. Logró soltarse. Miguel tenía cubierto el acceso a la puerta y Jorge no se atrevía a pasar. Miguel cambió de tono.

—Ándale, güey. Papá no tarda en llegar.

Jorge no le quitaba los ojos de encima, abiertos sin parpadear.

—¿Te dolió?

—Sí, cabrón. ¿Qué te pasa?

Se sobaba la mejilla.

—Imagínate cómo te va a doler la putiza que te va a poner papá.

Los ojos de su hermano mayor se inflaron de terror, como si hasta ahora se hubiera acordado de que tenía papá.

—Y si de milagro sales de ésa, mañana en la escuela te vuelven a chingar. Mira, cabrón. A mí me importa un pito si quieres ser Mauricio Garcés o Pierre, güey. Nada más te advierto que otros no lo van a dejar pasar tan fácil. En el colegio no te voy a proteger, cabrón, porque si te madrean es porque te la estás buscando. No cuentes conmigo.

Miguel salió del cuarto, cerrando la puerta tras de sí. Estaba ajetreado. Esperaba que su hermano entrara en razón. Jorge era dos años mayor que él y aun así, desde que tenía memoria, lo protegía en la escuela. Todo el colegio sabía que si le hacían algo se las verían con

Miguel y sus amigos. A la menor provocación estaban ahí, alertas. Nunca tuvieron que cumplir su palabra. Tan efectiva había sido su amenaza. Sin embargo, aunque Miguel conocía bien a los de sexto grado, poco podía hacer para evitarle la chinga que le esperaba a su hermano si llegaba vestido así. Pero eso no era lo que más le preocupaba. Su papá. Contra él no había nada que pudiera hacer. Recordaba de niño llorar, jalándole el brazo a su papá. Déjalo. Castígame a mí. Fue mi culpa. Pégame a mí. Pero no, su papá rara vez lo castigó. Nunca con la saña que proyectaba hacia Jorge. Ahora su hermano estaba preso por su culpa, y además lo quería matar. ¿Cómo le iba a explicar esto a su mamá? En la sala su café ya se había enfriado. Pidió un coñac. Eran casi las doce del día. Su mamá debía de haber llegado ya. Alcanzó a beber dos copas cuando escuchó el motor del coche. Fue hacia la puerta para recibirla. Entró vestida todavía de tenis pero con el pelo peinado. Había ido al salón. Miguel la abrazó y la abrazó. No dejó de envolverla en sus brazos hasta que logró contener su llanto.

—Jorge está preso —dijo, antes de que ella pudiese preguntar algo.

—¿Cómo preso? ¿Chocó, mató a alguien? ¿Qué hizo?

—Nada. No hizo nada.

—Tienes que sacarlo de ahí. ¿Lo puedes sacar?

—Sí.

—Sácalo.

—No quiere.

—¿Cómo de que no quiere?

—No quiere, mamá. No quiere que lo saque. No quiere ni hablar conmigo ni con los abogados. Está loco, mamá. Dice que se quiere defender, que él es experto en derechos humanos. Que va a seguir el proceso. Que va a ganar por la buena. Mamá, pero aunque fuera así, pueden pasar años antes de que un juez oiga el caso. Ya moví todo. Le conseguí una celda especial. No la quiere. Si lo deseara, saldría mañana, pero no quiere, mamá. Está loco.

—¿Crees que deba hablar con él?

—No sé. Magali va a ir.

Miguel cubrió su cara con sus manos y volvió a llorar. Sintió el brazo de su madre sobre su espalda.

MAGALI

Lo primero que notó Magali cuando llegó al aeropuerto de San Diego para emprender su regreso a México fue que Jorge y Rafaela estaban tomados de la mano.

—Engordaste, cuñada —le dijo Jorge.

Magali sumió la panza en forma automática. Era cierto que había tomado mucho vino y comido papitas con sus amigas. Tardó en darse cuenta de que Jorge se refería a la maleta extra. Volvió a respirar.

Una vez sentados dentro del avión, Rafaela retomó la conversación.

—Uno de los principios del yoga es no ser consumista.

En apariencia le hablaba a Jorge. Hay un concepto budista que se llama el fantasma hambriento. Es aquel que nunca se satura. Puedes pasar la vida entera tratando de llenarlo con comida, bienes materiales, adicciones y no se llena. Es insaciable. Sólo cuando reconoces que es un fantasma, un barril sin fondo, aprendes: la moderación.

A mí no me interesa eso, pensó Magali. Mientras estuvo de compras lo que había buscado era verse más glamorosa, más guapa. Le gustaban sus cosas, su casa, los bufetes con quince platillos que preparaban en casa de su mamá. Si Jorge era el moderado y Miguel el ambicioso excesivo, prefería a su marido. Maggi se había dormido. Y Magali por fin pudo sacar las revistas que llevaba en su bolsa. A los tres mil metros de altura, el piloto dio señales de que algo andaba mal.

—Vamos a cambiar de ruta —dijo desde la cabina.

Magali notó que el copiloto no era el mismo de antes.

—¿Qué sucede?

Jorge se paró de su asiento y fue hacia los pilotos en busca de una explicación.

—Siéntate, cabrón.

El copiloto habló de forma tan abrupta que Jorge no tuvo más remedio que volver a su asiento. Miguel le hubiera contestado, pensó Magali. Desde la ventanilla, Magali vio que los esperaban autoridades en la pista. Había camionetas y policías con chalecos antibalas y cascos. Entraron armados al avión apuntándolos con metralletas. Magali buscó los ojos de los soldados, pero sólo encontró el vidrio reflejante del casco. Se levantó y cruzó el pasillo hacia el asiento de su hija, quien dormía en su sillita. La desabrochó, la puso en sus brazos y volvió a su lugar. Su hija volteó a verla, todavía somnolienta, y luego a los soldados. Primero cubrieron con una bolsa negra de tela la cabeza de Jorge y le esposaron las manos tras la espalda. Hicieron lo mismo con Rafaela. Magali trató de gritar, pero no pudo. Su boca, su quijada, estaba rígida.

—¡No! ¡No! —dijo Maggi antes de empezar a llorar.

La cubrieron a ella también. Apretó a la niña con más fuerza, temiendo que se la arrancaran de sus brazos. El cañón de la metralleta contra su espalda le indicaba que debía caminar. No veía nada, temía tropezarse. Recordaba vagamente las escaleras inclinadas de la puerta del avión. Los miedos no obedecían un orden jerárquico. Todo el horror se amontonaba, condensado en un terror inmenso que encogió sus intestinos y sacó espinas sobre su piel. Le daba tanto miedo caerse como morir o que le arrancaran a Maggi de los brazos. Le daba miedo que la tocaran, que le pegaran, que le hicieran daño a su hija. Perder la vida no tomaba un lugar delantero al miedo de caer de bruces ni secundario a que le quitaran a su hija. Las subieron a un auto, una especie de van con bancas laterales. Cada minuto parecía un año, cada hora una vida, sin ver, sin saber qué ocurría, la mente en una alerta que invadía todo. Maggi dejó de llorar, pero Magali seguía susurrando en forma automática:

—No pasa nada. Ya. Ya. Ya pasó. Shh. Shh. No pasa nada. Ya, ya.

—¿Qué pasó? —dijo la niña de pronto.

Era su primera oración. Hubo un silencio estupefacto en el carro.

—No pasa nada. Ya verás. Papá lo va a arreglar. Ya. Ya pasó. Shh, shh.

—Tú crees que tu esposo lo va a arreglar. Si él es el responsable de esto.

Rafaela se quejaba al otro lado de la banca.

—Cállate, pinche gata.

Las pistolas presionándole las costillas las silenciaron de inmediato. Magali se dio cuenta de que Jorge no estaba ahí.

—¿Qué pasó? —preguntó Magali cuando salió de lo que parecía una oficina de gobierno.

Supo que estuvo en una celda porque escuchó los cerrojos y a Rafaela aferrarse a los barrotes, gritar, aunque ella permaneció sentada, abrazando a su hija, todo el tiempo.

—¡Sáquenme de aquí! ¡Exijo hablar con un abogado! —como si estuviera en una teleserie gringa. No se le ocurrió cerrar la boca hasta que un guardia preguntó muy casualmente al otro:

—¿Cómo ves? ¿Nos chingamos a la flaquita?

Magali no dejó de sostener a su hija para impedir que se saliera de sus brazos. Nunca les quitaron la bolsa de la cabeza, y aunque Maggi trató de levantarla, Magali le atrapó sus manitas y no la dejó. No le sorprendería que su hija tuviera moretones de lo fuerte que la había agarrado. A ella le dolían los brazos.

—Fue un malentendido —respondió Miguel.

—Un malentendido. Un pinche malentendido. Nos pudieron haber matado, pinche narco. Ya me había dicho tu hermano que sospechaba de ti. Nos pudieron haber matado —repetía Rafaela, gritando dentro del auto.

—Cállate o te bajo aquí mismo —contestó Miguel con voz calmada.

Todos permanecieron en silencio, hasta que Maggi habló:

—Papi, papi. Yo avón. ¡Yo avón!

Desde el asiento delantero, Miguel volteó a ver a su hija. Intentó una sonrisa cansada. Puso su celular al oído. Magali escuchaba lo que decía, pero no comprendía mucho.

—Ya, cabrón, sí, sí. No hay pedo. Están conmigo. Jorge. Mañana. ¿Por qué, cabrón? No. No. A ver. ¿Cómo? Okey. ¿Ya sabe *El Toro*? No me chingues. No. Pérame, me está entrando otra llamada. ¿Qué? Sí. Sí. ¿Dónde lo localizo? Sí. Sí. Es urgente. Gracias.

Magali dejó de poner atención. Estuvieron un largo rato sobre la carretera, pasaron la caseta y antes de llegar al Periférico y Abel paró el coche. Entonces Magali notó que Juan los seguía en el coche de Miguel, con Ignacio a un lado.

—Señorita, acompáñeme por favor —dijo el chofer a Rafaela.

Caminó con ella hasta una estación de taxis. Magali pudo ver cómo le preguntaba si necesitaba dinero y Rafaela movía la cabeza negativamente.

Cuando retomaron el trayecto, Magali no pudo evitar su exclamación:

—Pinche gata. No quiero volver a verla en mi vida.

—No es su culpa —contestó Miguel, con esa voz calmada que Magali no reconocía.

Cómo explicarle que si no desplazaba su enojo hacia la noviecita interesada de su hermano lo volcaría contra él.

—Ya sé que no es su culpa, ¿De quién es entonces, cabrón? Nos pudieron haber matado.

—No —explicó Miguel—. Fue sólo una advertencia. No volverá a pasar.

—¿Cómo sabes?

—Porque así como me ves, no soy ningún pendejo. Sé cómo trabajan estos cabrones.

—¿Qué cabrones? ¿En qué estás metido, cabrón?

Magali no pudo continuar. Se puso a llorar.

—No, mami. No. Shh, shh, mami —repetía su hija con ternura. Pero Magali no la escuchaba.

Cuando llegaron a su casa, supieron que Jorge seguía detenido. No sabían dónde.

—Nos plantaron unas uzis —explicó Miguel—. Mañana lo sueltan. No te apures, no tienen elementos ni pruebas.

Miguel salió a asegurarse de que todo estuviera bien, a hablar con abogados y seguir moviendo palancas.

—Da gracias a Dios que estamos bien conectados —le dijo antes de salir—. Si no, no salimos de ésta.

De lo único que Magali podía dar gracias era de que la niña estuviera otra vez con la nana, quien le estaba dando de cenar. Cuatro días de lidiar con ella día y noche la tenían agotada. Llegó a extrañar incluso esa época en la que se quedaba con ella amamantándola. Ahora todo era ¡no! Le aventaba la comida, lloraba, llegó hasta morderla un día en San Diego. Magali estuvo a punto de cachetearla, pero que sus amigas pudieran ver eso se lo impidió. Todavía le dolían los brazos. Había arriesgado su vida para ir a sacarla de su sillita y ponerla en sus brazos. ¿Era posible quererla tanto y a la vez hartarse de esa manera? En San Diego compró varios libros sobre cómo educar a los hijos. Esperaba que le ayudaran a tener más paciencia. Tan pronto salió Miguel de la casa, Magali subió a su recámara. Prendió la computadora y mandó un correo. Quería hablar con Luis. No pretendía contarle lo ocurrido, pero intuía que su voz la consolaría.

ESTÁS
YA REGRESASTE?? DAME 30 MIN

En lo que esperaba se metió a bañar y las lágrimas volvieron a sorprenderla. El muro que contenía sus emociones se rompió, no sabía cómo detenerlas. Cubrió su cuerpo desnudo con una bata de algodón blanco y dejó su cabello húmedo. Sin importarle Miguel y sus reglas prendió un cigarro dentro de la habitación.

A ver si apesto los pinches cojines de humo y así los saca del cuarto, pensó.

Su celular vibró. Reconoció en la pantalla el número de Luis y contestó de inmediato.

—¿Ya llegaste? ¿Cómo te fue?

Al escuchar su voz, Magali volvió a ver la figura apuesta de Miguel caminando hacia ella en el pasillo de la agencia del Ministerio Público donde los habían detenido y cómo le pasó por delante hasta tocar el brazo de Rafaela.

—Discúlpame —le había dicho.

Sintió hacia él un coraje renovado.

—Estuvo increíble.

—A la próxima te alcanzo.

—¿En San Diego? ¿Estás loco? Miguel me mata.

—¿Y quién le va a decir? —preguntó Luis.

Magali guardó silencio, quería que la conversación continuara, pero le hacía falta algo.

—¿Estás solo? —preguntó Magali.

—Sí.

—¿Y Laura?

—Se fue con los niños a la Isla. Yo acabo de regresar.

—¿Te tomas un tequila conmigo?

—¿Tequila?

—Sí. Estoy un poquito nerviosa. Espérame.

Magali pidió por el intercomunicador que le subieran una botella de tequila, unas papas y jícama con limón. Revisó la cajetilla de cigarros, confirmó que estaba casi llena.

—No tengo tequila, pero si quieres te acompaño con una botella de vino. Dame un segundo.

—Sí.

La muchacha entró a la habitación y colocó la charola sobre una cómoda que estaba a un costado de la cama, cerca del escritorio donde Magali estaba sentada frente a la computadora.

—¿Cómo está la niña? —preguntó en voz queda.

—Ya se durmió —contestó la sirvienta.

Se sirvió un caballito de tequila y escuchó cómo Luis hacía lo mismo con una copa de vino.

—¿Ya?

—¡Ya!

Magali soltó una carcajada.

—Creo que mis amigas me malacostumbraron con el vinito en San Diego. Nos chupamos toda la cava de Martín.

—¿Quién es Martín?

—El esposo de mi amiga Paulina, con la que me quedé allá.

—¿Y qué hicieron?

—*Shopping*.

—¿Nada más?

—Nada.

—¿En serio?

—Claro —dijo Magali—. ¿Quieres que te cuente lo que me compré?

—Si quieres —respondió Luis con poco entusiasmo.

—Unos calzoncitos —empezó Magali. Se detuvo para servir otro caballito y prender un cigarro. Exhaló la primera bocanada.

—¿Y qué más? —preguntó Luis. Estaba intrigado por la pausa.

—Chiquititos —dijo Magali con una carcajada—. Y un brasier de encaje que hace juego.

—¿Sigue? —preguntó Luis.

Pero Magali ya no estaba interesada. Metió una papa a su boca y la hizo crujir.

—¿Qué comes?

—Papitas.

De pronto se puso seria.

—Me da miedo que Miguel nos oiga.

—Pero, ¿no que estás sola?

—Sí, pero no sé. Hoy lo escuchaba hablar en su celular con mucha gente y pensé que igual me puede intervenir el celular.

—Siempre borras nuestros mensajes y tu *call history*, ¿no?

—Claro. Pero en San Diego, en el *mall*, vi esas tiendas de espionaje que venden un kit para sacar los mensajes borrados. Miguel debe saber de eso, se la vive comprando cámaras de vigilancia para los tráileres. Le encantan las cosas así.

—¿Quieres que te mande otro teléfono?

—¿Qué? ¿Cómo crees?

—Te lo mando mañana. Pido en mi oficina que te den una Blackberry nueva y la usas nada más conmigo. Así no se entera de nada.

—¿Y si me la cacha?

—Reina.

—¿Qué?

—Reinita.

—¿Qué?

—Tu y yo sabemos que eres mucho más lista que eso.

Magali no respondió.

—La próxima vez que te vea quiero que te pongas esos choninos.

—Braguitas —repitió Magali, imitando a su suegra.

—Braguitas —dijo Luis.

Saboreaba la palabra.

Siguieron hablando un largo rato. Magali se bebió media botella de tequila y le quedaban cuatro cigarros a la cajetilla. Antes de colgar, Luis le dijo:

—Buenas noches, mi amor.

Cuando despertó, Miguel ya no estaba. Supo que había estado ahí porque alguien había tirado las colillas y la botella de tequila. Buscó su celular y lo encontró guardado en la bolsa de la bata de toalla que aún llevaba puesta. Luis tenía razón. No era tan pendeja. Se metió a bañar. Esta vez sí alació su pelo como de costumbre, se vistió y se arregló para ir a casa de su mamá con Maggi y la nana. Preguntó a la muchacha dónde estaban sus maletas. Nadie supo responderle.

Fue a preguntarle a Ignacio, quien estaba limpiando la camioneta. El chofer encogió sus hombros como respuesta. Le marcó a Miguel.

—Mi maleta ¿Dónde está mi maleta? Tengo que llevar los regalos a mis sobrinos.

—No sabemos dónde está mi hermano y tú te preocupas por tu maleta. No tienes límite.

Le habló Miguel con un desprecio nuevo que ella no reconoció.

—No vuelvas a fumar en la recámara.

—¿Y si fumo qué? ¿Qué? ¿Qué? —gritó Magali al teléfono—. ¡Qué! ¡Qué!

Pero Miguel ya había colgado.

El silencio de la casa le pareció más opresivo que de costumbre. Podía escuchar las miradas del servicio posándose sobre ella, pero cuando levantaba la vista fingían hacer otra cosa. A Miguel le parecía trivial lo de la maleta, pero no lo era. ¿Cómo se presentaría en casa de sus papás sin regalos? Pensó en ir a comprar algo, pero sus cuñadas seguramente detectarían que lo había adquirido en el país. Ni modo, pensó. Dio instrucciones al chofer y a la muchacha de que se prepararan para salir. Como no quería volver a llorar, durante el trayecto cantó con su hija una y otra vez:

—Las llantas del camión que ruedan y ruedan, ruedan y ruedan.

Sus hermanos estaban tomando un aperitivo en el jardín. Aprovechaban el sol que se asomaba entre las nubes lluviosas. En casa de su mamá la costumbre eran refrescos, de vez en cuando alguien pedía una cerveza, pero por lo general no bebían. En cambio, en casa de Miguel era inconcebible una comida sin jerez, vino y digestivos. Normalmente Magali prefería la usanza de su casa, pero hoy se le antojaba beber algo. Saludó a todos y tomó su lugar en la mesa. Maggi dio un beso a sus tíos y se fue a jugar con los primos, seguida por la nana.

—¿Cómo te fue? —le preguntó Mara, esposa de Enrique—. Qué lástima que no coincidimos. Yo me voy el jueves. El año que entra nos organizamos. La casa ya debe estar para entonces.

—Está en el club de golf, ¿verdad? Íbamos a llevar a los niños a la alberca, pero ya no nos dio tiempo.

Le costaba trabajo hablar con naturalidad y fingir que nada había pasado, imaginar la sucesión de veranos yendo a casa de sus amigas o de sus cuñadas. La niña, Miguel, el avión, sus compras, Jorge, ¿qué había pasado con Jorge? Notó que su mamá se paraba a supervisar la cocina y fue tras ella. Sobre la estufa humeaba el arroz con fideos y un guisado de cordero con piñones que le abrió el apetito. Magali vio las caderas anchas de su mamá, sus brazos carnosos y deseó que la abrazara. Pensó en Luis y en su cálido apapacho.

—¿Ma?

—Hola, mi amor, ¿qué necesitas?

Era común en su mamá empezar cualquier interacción con "¿qué se te ofrece?", "¿qué necesitas?" Pero por primera vez, después de tantos años, Magali la escuchó como era: su mamá al servicio de los demás, poniendo siempre las necesidades ajenas por encima de las suyas.

—Ven, te quiero decir algo.

Salieron al vestíbulo, donde estaban solas.

—¿Tienes un calmante? No me siento bien.

—No estarás embarazada.

—No. No. Estoy ansiosa, no puedo dormir.

—Sí, te entiendo. Ahorita te bajo un Tafil. Ya se me están acabando. Mando pedir si necesitas más.

Subió lentamente las escaleras y en unos minutos le dio una cajita de porcelana china con siete pastillas. Magali se tomó una. El efecto fue casi inmediato. Su boca estaba pastosa y temía machacar las palabras, pero ya no sentía las lágrimas a flor de piel. Más bien podía observar todo a cierta distancia, como una película extranjera con subtítulos tan sencillos que era imposible que tradujeran todo lo que estaba ocurriendo. No habló mucho durante la comida, pero sí logró sonreír ante los comentarios de los demás. De vez en vez volteaba a ver a su mamá, percibía con ella una complicidad antes ausente. Finalmente le había dado entrada a su mundo. Cuando regresó a casa, subió a dormir una siesta. Despertó con la sensación extraña de no saber dónde estaba pero, además, se desconocía. Recordó haber soñado que estaba en una celda y que alguien gritaba:

—¡Mami, mami!

Escuchó que la nana decía:

—Shh, tu mamá está dormida.

Fue hasta entonces que tomó conciencia de su entorno, que ubicó sus coordenadas. Miró el reloj. Eran las ocho de la noche. Salió a ver a su hija, cenaba en la cocina, bañada y en pijama. Éste era el momento favorito de Magali, cuando la veía con sus chinitos mojados, sus ojos listos para cerrarse con esos telones de pestañas espesas que había heredado de ella.

—Yo la duermo —le dijo a la nana.

El ritual era sencillo: meter a la niña a la cuna y esperar a que se quedara dormida. Magali le dio un beso a su hija y las buenas noches al apagar la luz. Tomó asiento en el sillón y escuchó cómo su hija se acomodaba en la cuna. En silencio las lágrimas empezaron a caer una a una, como goteras. Bajó a la cocina por un vaso de agua y vio un sobre de papel manila al lado del teléfono.

—¿Y esto? —preguntó a las muchachas, que aún veían la televisión.

—Ah, lo trajeron esta mañana.

—¿Y cuándo me iban a avisar?

La sirvienta permaneció callada. Era inútil decirle algo más, pensó Magali. Nunca le daban los recados.

Salió de la cocina con el sobre. No tenía que abrirlo para saber qué era. Prendió la televisión de su cuarto para que no la escucharan hablar con Luis.

Miguel llegó a las once de la noche. Magali lo esperaba. Había tratado de llamarle durante el día pero no contestó sus llamadas.

—Hola, amor —dijo.

Buscaba ser conciliadora, aunque no quería pedirle perdón por lo de la mañana.

—¿Qué pasó?

—Nada. Todavía no pasa nada. No sabemos dónde está. No nos dejan verlo. Estos pendejos no saben con quién se están metiendo. Pero mañana me aseguran que pasan la orden; veremos. Hazme un favor, ¿si? Mañana temprano le llamas a mi mamá y le dices que no podemos ir a comer, que hablaste con Jorge y que él tampoco puede. Ella no sabe nada. No quiero que se preocupe hasta que no salga.

—¿No prefieres que vayamos yo y Maggi? Igual así te arma menos pancho. Ya sabes cómo le encanta ver a su nieta.

—No. ¿Fuiste a casa de tus papás? ¿Dijiste algo?

—Sí fui. No dije nada.

Magali consideró decirle a Miguel de los calmantes. Quiso ofrecerle uno, pero no dijo nada.

—Bueno, sí —le contestó él finalmente—. Ve tú con Maggi, dile que Jorge y yo estamos ocupados y que tuve que ir de viaje a ver algo de los tráileres o algo. No les cuentes nada.

Amaneció con una lluvia suave y fría. No le gustaba el efecto del calmante sobre su cuerpo. Había dormido, sin embargo se sentía cansada. Era como si la medicina apagara un *switch*, pero tan pronto terminaba el efecto su cuerpo volvía a revolucionarse a marchas forzadas, como si quisiera reponer el tiempo perdido. La asaltaba una sensación de letargo y desesperación. Padecía más que antes, la boca pegajosa, la panza inflada. ¿Qué iba a pasar hoy? ¿Qué quería decir Miguel con "no sabemos dónde está"? ¿Habían secuestrado a Jorge o estaba en el bote? Magali confiaba en que Miguel lo podía arreglar, pero, ¿por qué no había salido todavía? No pasaba nada. Su trabajo era hacer como si no pasara nada. No preocuparse, no transmitir ansiedad a su hija. Miguel sabría qué hacer. Se puso ropa de ejercicio y se dirigió hacia el Stairmaster. No quería hacerlo, sus piernas le pedían regresar a la cama. En el cuarto de tele escuchó Baby TV y fue a darle un beso a su hija. Le dijo que al rato irían a casa de Abu.

—Abu —repitió Maggi, aplaudiendo—. Abu.

—Ponle el vestido azul de flores. El que tiene unas margaritas bordadas al frente, por favor —le dijo a la muchacha.

Por experiencia sabía que los primeros cinco minutos de ejercicio eran los peores, y que ya pasados los quince se ponía mejor. Puso música a todo volumen. Empezó a subir escalones.

—¿Qué vas a hacer en la tarde? —preguntó su suegra.

—Pensaba ir de compras a Antara —contestó Magali.

—¿Qué no acabas de regresar de San Diego?

Sí, pensó Magali. Pero perdieron mi maleta y ahora no tengo nada. También perdimos a tu hijo, por cierto. Trató de imaginarse a la puta que ahorita estaría usando su bolso nuevo. Sabía que en comparación con lo que le ocurría a Jorge su maleta era una ridiculez. Ella había tenido suerte, sólo la habían detenido unas horas. Pero no podía dejar de apenarse por la bolsa Balenciaga que tanto había costado, por los zapatos que hacían juego, por sus jeans, por el saco de lino negro que su amiga había descrito como "pocamadre". Hacía juego con una blusa de lentejuelas y con esa falda estrecha estilo *Mad Men* que, aun ella lo reconocía, favorecía sus curvas.

—Es que me faltan unas cositas —contestó finalmente—. Hay algunas que acá son más baratas, no vale la pena comprarlas allá.

—¿Como cuáles?

—Los zapatos de niños —respondió Magali rápidamente.

Había tenido esta misma conversación con sus amigas. Los americanos usaban zapatos espantosos para niños.

—Sí, en eso tienes razón. Para comprar zapatos hay que ir a España —concluyó su suegra—. ¿No quieres dejarme a la niña mientras tú vas?

Media hora después, Magali se preguntaba si no había sido un truco de la vieja, mientras paseaba por los colgadores de ropa interior. ¿Cómo le iba a comprar zapatos sin que la niña los probara? Más le valía regresar con algún par. Quería encontrar el mismo conjunto que le había presumido a Luis: un calzón de encaje perla con brasier que hacía juego. No era tan chiquitito como le había dicho a Luis, más bien lo compró porque le tapaba algo de panza. Pagó en efectivo y se dirigió a la zapatería. Compró unas sandalias Kinder de piel blanca y unas *ballerinas* azul marino.

—Se le salen —exclamó su suegra cuando le probaron los zapatos a la niña.

—Qué importa —contestó Magali—. Mejor que le queden grandes. En un ratito ya las podrá usar.

—¿Sandalias? ¿En época de lluvia?

Magali no contestó. Le dio las gracias por cuidar a la niña y se fue. En el coche le preguntó a la nana qué habían hecho.

—Mientras la señora dormía la siesta, hicimos gorditas de masa.

—Masa. Quiero masa, mami. Quiero masa, masa —pedía Maggi.

—Ahorita que lleguemos a la casa, aquí no hay.

—Masa, quiero masa.

Cinco minutos después llegaron a su casa. La niña lloraba por su masa. Magali la dejó con la sirvienta y subió a su habitación.

En su vestidor, a puerta cerrada, se probó la ropa interior. No estaba complacida. Se jalaba con los puños la lonja que tenía. Aunque hacía abdominales casi todas las mañanas, el suyo distaba mucho de ser un cuerpo ideal. Si metía la barriga con todas sus fuerzas y se estiraba lo suficiente, casi se veía esbelta. El conjunto era de buena calidad, el brasier sí levantaba sus pechos. Su escote no estaba mal. Buscó una blusa de cuello V para probar cómo se veía.

Escuchó unos nudillos contra la puerta.

—Un minuto.

Se puso una bata de seda y abrió.

—Señora, que si me da para el súper. Es que ya no hay nada.

—¡Ay! Sí. Se me olvidó ir ayer. Pásame mi bolsa, por favor. Ten, órale. Vas tú con Abel. No se tarden.

Cerró la puerta y regresó al espejo. Se soltó el pelo, que cayó con suavidad sobre sus hombros. Inclinándose al espejo, abrió la bata provocativamente y volvió a mirarse. Sus clavículas no estaban mal, pensó. Había tomado algo de sol en San Diego y su piel se veía sana. Hacía un contraste lindo con el encaje del sostén, que era blanco y crema. Inspeccionó una vez más la redondez de sus glúteos y sus muslos llenos, que se tocaban en la entrepierna. Si los apretaba tenía un montón de celulitis, pero si los dejaba natural y con la luz tenue pasaba desapercibida. Se puso unos zapatos de tacón para ver si mejoraba. Sí. Sus piernas se veían más largas, más proporcionadas. Recordó su cuerpo a los veinte años. Entonces tampoco se gustaba, pero era más por vergüenza, por falta de experiencia. Qué daría por verse así ahora.

La puerta se abrió de pronto y Magali dio un brinco. Era Miguel. Sus manos cerraron la bata con firmeza para tapar el escote.

—No, no, quédate así —le dijo él—. Te ves bien.

Magali cerró más la bata, pudorosa, como una actriz de los cincuenta. Mientras, Miguel se soltaba el nudo de la corbata. Se quitó el saco y lo dejó caer sobre el piso. Se acercó a ella. Olía a tequila.

—Mañana lo sueltan, amor. Ya está todo arreglado. Ya está.

Le dio un beso que Magali no estaba lista para recibir. Hizo la cabeza a un lado y lo miró con desprecio. Pero Miguel la tomó de la nunca y volvió a intentarlo, forzando la lengua dentro de su boca. La besó con furia. Cuando se apartó de ella, Magali lo miró a los ojos, juntó saliva entre sus labios e hizo como si escupiera. Miguel la agarró de los hombros y la tumbó en el piso. El vestidor era estrecho, apenas cabían entre los zapatos. Magali podía ver su ropa en los ganchos bien ordenados allá arriba.

Forcejearon un poco; era a la vez un juego. Ahora Magali lo deseaba y le gustaba sentir su erección sobre ella. Le ayudó a quitarse el cinturón, mientras él le chupaba los pezones y hundía su cara entre sus pechos. Le quitó el brasier, luego las bragas. La alfombra la raspaba. Ella sentía un palo duro por dentro y apretaba sus esfínteres para intentar contenerlo. Miguel empujaba más y con mayor velocidad. Las nalgas de Magali se quemaban sobre la alfombra. Gritó.

—¿Así te gusta? —le preguntó él.

—Sí —gritó ella—. Así.

Se quedaron en el piso un rato, como ropa sucia. Pidieron que les subieran la cena al cuarto. Miguel comió un sándwich de jamón con aguacate. Magali una manzana mientras veían televisión. Todo va a estar bien, pensó ella.

—Todo va a estar bien —dijo Miguel casi al mismo tiempo—. Mañana lo saco.

JORGE

El pánico no admite palabras. Es absolutamente fisiológico. El corazón galopando. Las sienes que explotan, el estómago hecho chicharrón, como si en realidad lo hubieran metido en una olla de aceite hirviente. La piel se te eriza, tiembla, vibra, cada poro saca chispas. Los ojos te arden. Los esfínteres fallan. Los oídos te zumban. El miedo es tal que tu organismo entra en crisis. Los científicos le llaman *flight or flee*, lucha o huye son las señales primitivas que tu cuerpo emite. Dos opciones, corre o ataca. Pero yo no podía ni atacar ni correr, ni gritar, ni huir, ni luchar, ni golpear, lo cual hace todo peor, porque encima del miedo existe el sometimiento, el saberte vencido, el arrastrarte al rincón, ya no ladrando sino gimiendo, encorvado, hecho ovillo, sintiendo una profunda lástima por ti mismo, y preparándote para morir.

Me cubrieron la cabeza con una manta. Mis sentidos se pusieron en alerta. Con gritos me ordenaban que me moviera, que llevara mis manos sobre la cabeza. Después, con los brazos tras la espalda, apretaron las esposas hasta que las sentí hundirse en mi piel. Caminé. No distinguía nada a través de la manta, sólo un color rojizo. Me subieron a un auto. Azoté mi frente contra el marco de la puerta. Oí risas. Una pesada mano me agarró la nuca. Después van a decir que te lo hicimos nosotros, dijo alguien. ¿Qué pasaba? Hace unos minutos en el avión, mi sobrina dormía, cansada finalmente. Yo me sentía feliz; por fin había conquistado a Rafaela. Empujaron mi cabeza contra las varillas de una reja. Supuse que estaba en un coche de policía con la parte trasera cubierta de malla. No escuché sirenas. Me apretaron la pierna. Me estremecí. Está temblando el cabrón, dijeron. Una mano comenzó a subir hacia mi ingle. Sentí que me encogía, quería desaparecer. De pronto la garra viró hacia la bolsa de mi pantalón donde tenía la cartera. Sacó la cartera y por un momento dejaron de tocarme. Antes de que pudiera sentir alivio me dieron una palmada en el pecho y sacaron mi pasaporte del bolsillo. Empezaron a reír. Agradecí tener la cara cubierta, al menos no podían ver mi angustia. Contuve el llanto. Me aguanté. Pensé en Rafaela. Respirar, inhalar. No somos nada. Somos parte de un todo. Aquellos largos discursos en la clase de meditación, contra los cuales yo argumentaba en silencio, empezaron a tener sentido. "El dolor no es un castigo, el placer no es un premio. El dolor y el placer son inseparables. Todo lo que termina es también el comienzo de algo más." Debía poner atención a mi respiración, enfocarme solamente en ese aire que salía de mi boca y quedaba atorado en la tela que me cubría la cara. Sangraba la herida de mi frente, quizás era sudor. Gotas se deslizaban por mi cara, atorándose en las cejas, atravesando mis pestañas hasta resbalar por mi nariz. Alguna llegó a mi boca, saqué la lengua, sabía salado, quizás era sudor, sabía a mí. Exhalar. Exhalar.

Pensar que hace unas horas estaba en San Diego. Alegre, observando con satisfacción la cara de mi cuñada que me vio llegar a la pista de la mano de Rafaela. Me aprobaba con una sonrisa benévola, como maestra de primaria. Sí, en cuatro días de arduo esfuerzo había logrado por fin ablandar el corazón de mi maestra de yoga. Todo eso estaba tan lejos ahora. Me preparé para morir. Al menos no viví en vano, al menos fui feliz, pensé, quería creerlo. Un jalón en el brazo me sacó del auto. Apretaban mis bíceps con fuerza innecesaria. En la costilla derecha sentí el cañón de un arma larga. Caminamos unos pasos, con una patada en el culo me empujaron de narices dentro de un cuarto. Como mis manos seguían esposadas no pude frenar la caída más que girando el cuerpo. Caí sobre algo blando. Heces. Quitaron la manta de mi cabeza y cerraron una puerta detrás de mí.

Tardé un rato en ponerme de pie. Medí a tientas las dimensiones del cuarto. Comprobé que estaba solo. Me senté contra el muro. Gritar no serviría de nada. Volví a respirar. Inhalar, exhalar. El leve tufo de mierda pronto pasaría. Esperé que mis ojos se ajustaran a la oscuridad. No podía calcular cuánto tiempo había transcurrido. Cuando abrí los ojos, frente a mí había una botella de agua de medio litro. Tenía hambre. ¿Cómo no me di cuenta de que entraron? ¿Me habían drogado? Sentía la garganta seca y ganas de tomar agua, pero no lo haría hasta no fuera necesario. ¿Cuánto llevaba encerrado? Mis manos seguían esposadas tras la espalda. Una tenue luz se colaba por debajo de la puerta, pero no podía distinguir si era de día o de noche. Mi olfato ya se había acostumbrado al hedor. Al ver nuevamente el piso tuve ganas de vomitar. Mi estómago lo intentó, sin embargo estaba vacío y sólo tuve agruras en el esófago. ¿Hacía cuánto no comía? Me puse de pie. Recordé *El conde de Montecristo*. No debía dejarme vencer. Caminé tres pasos hacia la puerta y tres de vuelta. Me propuse seguir el ejercicio doscientas veces. Era lo que podía hacer, el único acto que aún estaba bajo mi control.

Evoqué versos budistas: "No puedes enojarte por lo que no controlas". Pensé en mis clases, en mis alumnos. Siempre después de dar la clase acomodaba mis hojas con lentitud, tratando de hacer tiempo. Concentraba mi mirada sobre los apuntes para despistar a los estudiantes. Escuchaba cómo desocupaban los pupitres, el rechinido de las sillas contra el piso de cemento. Esperaba que alguno se me acercara para continuar la discusión. Sabía que ninguno de mis alumnos vendría, y aun así postergaba el momento en que tendría que levantar mis papeles y ver el aula vacía. Aunque estaba mareado de dar vueltas en la celda, la idea de mantener mis piernas fuertes, de mantenerme sano me motivaba. Moría de sed. Finalmente volví a sentarme sobre el piso, con mis pies acerqué la botella a mis labios e intenté abrirla. No era fácil quitar la tapa. Tenía el sello cerrado; eso me tranquilizó un poco. Mi idea de envenenamiento era sólo paranoia. No podía detener la botella con los pies y alzarla con la boca al mismo tiempo.

Por más que apretaba, la botella resbalaba y giraba. Fui moviendo mis pies lentamente hasta dar la media vuelta y tocar la botella con las manos. Pude levantarla y abrirla. Al voltearla nuevamente la golpeé sin querer y la botella cayó de lado. Fue tal mi pánico que con un movimiento veloz logré rescatarla con la boca antes de que toda se derramara. Quedaba la mitad. La alcé con cuidado, casi me ahogo con el primer trago. Me armé de paciencia y despacio aprendí a tomar sorbos pequeños, sosteniéndola entre los dientes. No sabía si me iban a dar otra. Era prudente guardarla. Volví a darme media vuelta. Meticuloso, giré sobre mis glúteos y le puse el tapón. La botella quedó ahí donde podía observarla. ¿Dónde estaba? ¿Me habían secuestrado? Miguel pagaría el rescate. ¿Eran militares o policías especializados los que habían entrado al avión? Debía estar alerta, descubrir la identidad de los secuestradores. Con la mano derecha busqué mi reloj. Quería quitarlo de mi muñeca y ponerlo en un lugar visible. No estaba. Era el Vacheron Constantin de mi papá. Jamás lo usaba por temor a que me lo robaran. Con la ilusión del viaje a San Diego había olvidado las precauciones y qué importaba ahora. Magali y Rafaela podrían estar muertas. Ojalá me hayan agarrado sólo a mí. Sin saber a quién ni cómo, comencé a rezar. Recordé un cartel que había visto en una visita a Washington D. C., donde unos ateos protestaban con una pancarta que decía *"Praying is just talking to yourself"*. Cierto. Me estaba hablando a mí mismo. Deseaba que mi sobrina estuviera bien. Intentaba, con frases de benévolas intenciones, contrarrestar las imágenes de violencia que me asaltaban. Podía escuchar los gritos de Magali y Rafaela mientras las violaban los judiciales, el llanto de Maggi acallado por una ráfaga de balas y su cuerpo inerme. Por favor. Por favor. Qué sea sólo yo, por favor. Miguel. Miguel. Paga. Da lo que te pidan. Por favor. Por favor. Exhalar. Mis piernas se entumían, cambiaba de posición.

Para entretenerme pensé en Rafaela y en las clases de yoga. El estudio donde enseñaba era una pequeña casa con paredes de cal, dos ventanas y una puerta verde con un signo dorado de OM. Adentro, habían adecuado lo que antes era una pequeña casa familiar como estudio. Un vestíbulo que hacía las veces de tienda y una tira de banderas tibetanas lo dividía del salón. En la esquina habían colocado un Buda en posición de loto, y sobre su base las maestras acomodaban ofrendas de incienso, velas, en ocasiones flores flotantes. También había un pequeño bong y unos platillos de plata que Rafaela utilizaba al final de la clase. Decidí que mi altar ahora sería la botella de agua. Era el único objeto en el cuarto; ahí, ahí debía depositar mis esperanzas. A la botella debería contarle cómo eran las clases. Intenté recordar una específica, me fue fácil. Abrí mis piernas en escuadra, torcí el torso e hice la pose del guerrero. Un guerrero de la paz, sentí fuerzas. Imaginé que podía abrir mis brazos, extenderlos, en esta pose me sentía estable, pero no en la que venía después, donde tendría que torcerme y poner una mano sobre el piso, lo cual era imposible con las esposas. Volví a mi rincón, mirando la botella, empecé a recordar la clase.

Puse mi tapete en la parte trasera del salón como si estuviera ahí. Inhalar. Escuché la voz dulce de Rafaela, que con una sola palabra tomaba el control absoluto del salón. Exhalar. En la celda y en mis recuerdos procedí a soltar el aire muy lentamente. Una gran respiración, seguida por un OM, repetido tres veces. El OM de Rafaela siempre era el más sonoro y largo. Me puse de pie. *Tadasana*.

Vengan a la orilla de sus tapetes. Eso. Estiren las rodillas, fíjense bien en los dedos de sus pies, ábranlos lo más posible, extiéndanlos. Eso. Ahora pongan atención a su postura, ¿dónde está su peso? ¿Hacia atrás? ¿Hacia adelante? Levanten los arcos de los pies. Así. Arriba, arriba. Ahora, ¿dónde está el cóccix? ¿Su pelvis? Pálpenla, concentren toda su atención. Recuerden que es la pose de la montaña. ¿Cómo es su montaña? Visualícenla. ¿Cómo es? ¿Sólida, estoica, inamovible? Hagan su cuerpo como un monte.

Erguido me imaginaba como un monte, pero esta vez los muros de la celda me lo impedían, no lograba sentirme montaña. Inflé mis pulmones y traté de sentir cada vértebra. Bajé mi cabeza, encorvado me dirigí nuevamente al piso de tierra. Lo único que podía hacer era seguir recordando la clase.

Hoy vamos a practicar *Parivrtta Utthita Parsvakonasana*. Es una posición muy avanzada. Es más intensa que *Parivrtta Trikonasana*, que hemos estado practicando todo el tiempo. Tiene propiedades curativas muy importantes. Sientan cómo se contraen sus órganos internos, cómo circula la sangre a través de la torsión de su columna vertebral y los rejuvenece. Esta *Asana* ayuda a deshacerse de los desechos tóxicos. Empecemos por el lado derecho. *Tadasana*, listos, inhalar. No. A ver. *Tadasana* otra vez, sientan la montaña, su solidez. Quiero que recuerden esto cuando estén en *Parivrtta Utthita Parsvakonassana*, porque es una postura muy poco estable. Van a perder el balance. Quiero que usen sus músculos, que planten sus pies como ahorita, que vuelvan a esta estabilidad que tienen. Siéntanla. Ahora brincamos. Abrimos las piernas un metro de distancia. Estiren sus brazos, así, como si fueran a volar. ¿Dónde están sus pies? Levanten los arcos, las rodillas. Ésta es la base de su pose, su estructura. Revisen todo. Han estado aquí miles de veces, ¿qué les dice su cuerpo ahora? Palmas arriba. Sientan, metan las costillas, eso. Respiren. Ahora doblen la rodilla en ángulo recto. Recto. Más abajo.

Luego Rafaela caminaba por el cuarto haciendo ajustes a todos los alumnos. ¿Tus ladrillos, Jorge? La vi dirigirse al vestíbulo donde estaban los ladrillos, los cinturones y colchones. Recordé cuando Rafaela puso mi mano sobre el tabique cómo se me enderezó la espalda y todo mi edificio interno se puso en orden. ¿Dónde estaba ahora Rafaela? Volví a escuchar la voz de ella. No tenía otra opción. La mirada, recuerden *drishti*. La enfoqué hacia la puerta, pero era demasiado desquiciante posarla ahí, ya que en cualquier minuto esperaba que se abriera. Posé mi vista sobre la botella, mi altar: agua. Pero al poco rato me dio sed, esta vez pude abrir la botella con mis labios y detenerla con las piernas. Bebí el más mínimo trago para calmar mi ansia y volví a colocar la tapa. Estirando los ojos hacia el techo imaginé que mi mirada era el sitio adonde yo quería llegar, el lugar de mis sueños, mi biblioteca, mis alumnos estrella. La torsión de la espalda era lo que aún me faltaba para llegar ahí, la puerta: mis publicaciones sobre derechos humanos que estaban pendientes, los comentarios públicos que tendría que hacer ante la Comisión de Derechos Humanos, algún día participaría con un *habeas corpus*. Estiren la mano. Esa mano era el amor que necesitaba y no podía estirarla. El otro lado. Recordé la pose. Entonces mi carrera profesional eran las piernas; la complicación de mi mamá, la torsión de mi espalda; la mano y la mirada intentaban alcanzar a mi padre muerto, ausente. Las piernas eran la razón, la tierra, la ciencia. La espalda era el arte, el alma, lo intuitivo. Mi brazo iba desde la razón hasta el arte y lo intuitivo, volteaba al techo en busca de una sabiduría mayor a la que podían alcanzar los hombres en esta vida. Y veía un cielo chato de concreto gris, del que no podía escapar. Una vez más, ya casi lo tienen, listos, piernas abiertas, noventa grados, mano izquierda al pie derecho, empujen su codo contra la rodilla. Eso es. Rafaela siempre nos agotaba. Recordaba bien esa última etapa de la clase. Mis piernas me dolían. Eran débiles. Mi fundamento tenía fallas. Me había forjado sobre un pantano. Mis rodillas tenían cáncer, a mis plumas no les alcanzaba el aire, mi cabeza era morada, podrida, fermentada por dentro. Rafaela venía hacia mí. Había hecho mi mejor esfuerzo por sostener la pose, sentía las suaves manos de mi maestra sobre mi cuello sudado, frescas, ligeras. Me volteaban la cabeza más hacia el techo, toda mi columna vertebral seguía el ajuste, un torrente de energía invadía mi cuerpo.

Ahora la base era mi encierro, la torsión mi encierro y la mano estirada mi libertad. No podía juzgar el paso del tiempo. Tomé algunas siestas, siempre alerta. ¿Cómo habían entrado aquella vez? ¿No hacía ruido la puerta? La puerta era de madera y debía atrancarse por fuera. No veía nada, ni una cerradura ni bisagras. Quería golpearla, pero eso sería darle información a quien estuviera detrás. Tarde o temprano mis captores tendrían que ver si me encontraba bien. Alguien, en algún momento, tenía que entrar. Aún me quedaba un cuarto de la botella de agua. Si la administraba bien, podía durarme un par de días. Quizás la sed y el hambre, la soledad, me hicieron recordar la última vez que vi a mis amigos. Nos habíamos quedado de ver en la Puerta del Sol, una cantina entre la Plaza de la Conchita y Coyoacán. El lugar era pequeño y acogedor, servían cerveza de barril, pequeños platos de cacahuates y chicharrón. Los encontré en la butaca de media luna que prefería. A veces nos mandaban al tapanco, el cual también era divertido porque podíamos ver todo el local, pero el techo tan bajo resultaba incómodo después de un rato.

Había dos jarras de cerveza sobre la mesa, una clara y la otra oscura. Me habían guardado un vaso y noté que anticipaban mi llegada con tanto gusto como yo. Casi todos los jueves nos veíamos durante unas horas. Antes, en la universidad, pasábamos el día entero juntos; ahora estos encuentros cada vez más breves eran lo único que nos quedaba, rara vez nos veíamos durante la semana o hablábamos por teléfono.

Jerónimo, contra la expectativa de todos, pues era el que más talento mostraba para ciencias políticas en nuestros días de estudiantes, había tomado el negocio de su papá y manejaba dos talleres mecánicos que en algún momento llegaron a ser cuatro. Sin embargo sabíamos que pasaba la mayoría de su tiempo leyendo y sospechábamos que tenía en preparación una gran novela o tratado político. No habíamos perdido la esperanza de que algún día nos deslumbrara.

Enrique, como yo, se dedicaba a la docencia pero en una universidad privada. Había sido promovido hasta el grado de director general del campus sur, lo que le significaba dedicar el tiempo principalmente a asuntos administrativos y gozar de un salario ejecutivo medio. La universidad, además, contaba con atractivos planes de financiamiento y Enrique cambiaba de coche cada dos años y alquilaba un amplio departamento en Las Flores. Una vez me burlé de los elevadores de espejo, acabados de madera y mármol, y la caseta de seguridad de su departamento. No todos podemos ser falsemios, me contestó. Aquí, como Jorgito: falsos bohemios, muy acá con sus huarachitos de indio, pero su mamá es como de telenovela. Hizo una burda imitación de señora que coge una taza con el meñique levantado. *Fauxhemians*, repliqué en inglés. Conocía el término. ¿Ves, *güey*? Él si habla *english properly*. No como tú, que fuiste a Harmon Hall, academia de inglés, dijo Esteban. Él era el cuarto del grupo, el único casado. Quería ser futbolista profesional pero se tronó la rodilla en su primera temporada. Ahora trabaja para un grupo de estaciones de radio. Hacía tres años se había casado y ahora esperaban un bebé. ¿Por qué me habían secuestrado a mí? Si tan sólo conociera a mis captores, si los pudiera ver, se darían cuenta de que yo estaba de su lado, y sabrían que sí entendía la injusticia social a la que estaban sometidos. Por eso estaba mal el país. La gente iba imponiendo cada día su orden jerárquico, abusando del que se dejase. Los secuestros no son solamente un problema de ricos. He leído las estadísticas, sucede en todos los estratos sociales. Aguantaba el encierro. ¿Cuándo me traerían más agua? Pensé que debía volver a hacer estiramientos. Oí la puerta abrirse. Una luz intensa entró al cuarto. Abrí los ojos, pero no pude ver nada. Los cerré rápidamente. Decidí fingir que dormía. Una sombra se aproximó a mí. Requerí de toda mi voluntad para permanecer quieto. Vamos. Me jalaron del brazo. Pensé que habían pagado el rescate. Quise preguntar qué ocurría pero no logré hablar. Me volvieron a poner algo negro sobre la cabeza. Intenté enfocar mi mente, contar mis pasos. Al llegar a treinta y dos escuché los ruidos de la calle, esta vez me empujaron la cabeza al entrar al auto. El radio de banda policial estaba prendido, distinguía palabras como *comandante*, *zorro*, *operación*, entre la estática. Un hombre respiraba pausadamente a mi lado. Tenía que ser alguien alto. A la vez que intentaba memorizar la ruta, número de vueltas a la izquierda y a la derecha, me daba cuenta de la futilidad, ya que no conocía mi punto de partida. Pero me imaginaba en unos días señalando un mapa diciendo, sí, era aquí, dimos tres vueltas a la derecha, luego dos a la izquierda, luego conté hasta cien, tenía la adrenalina a tope. El coche se detuvo. Me quitaron las esposas y justo al salir alzaron el saco de mi cabeza y me dieron un golpe que me desorientó. Me agarraban de un hombro y encajaban un cuerno de chivo en mis costillas. Aquí tienen. Me dejaron con otros hombres uniformados que procedieron a catearme. Nombre. Jorge González. Apuntaron algo en un cuaderno de contador, que estaba sobre una mesa de aluminio plegadiza. Señalaron hacia una báscula. Me dijeron que me quitara la ropa. Empecé a desabotonarme la camisa manchada cuando llegaron tres hombres. Caminaban con la cabeza baja. Procedieron a desvestirse sin que les dijeran nada. Justo cuando me desabrochaba el pantalón, volvió el hombre que me había sostenido del hombro y dejó una bolsa de plástico frente a los uniformados. Sus cosas. Órale, yo pensé que nos lo dejaban sin nada, dijo uno. Ya ve, *Capi*, pura seriedad en las fuerzas armadas, respondieron mis captores. ¿Serían militares? Girándose hacia mí, el *Capi*, un señor de pelo canoso y dientes anchos, me dijo, a ver qué nos traes.

Pusieron mis cosas sobre una mesa y empezaron a revisarlas. Leyeron mi pasaporte. Jorge González Conde. Otro uniformado agarró la cartera y se puso a contar el dinero que traía. Venía de viaje, *Capi*. El uniformado no se había percatado, pero yo sí, de que el *Capi* revisaba minuciosamente las visas estampadas en las páginas del pasaporte. Déjame algo para el ingreso y la lista, dijo uno de los que estaban detrás. Tenía un tatuaje de código de barras en el interior del antebrazo. ¿Y para qué se lo voy a dejar a los de ingreso?, contestó el otro guardia. Te pago la semana que entra, cuando tenga visita, replicó el tatuado. Entonces me di cuenta de que estaba entrando a la cárcel. ¿De qué me acusan? ¿De qué me acusan?, repetí. Quiero ver mi orden de aprehensión. No pueden meterme sin la orden de un juez. ¿Qué crimen cometí? ¿Por qué estoy acá? Mi cabeza daba vueltas. Veía a los otros negociar desesperados por doscientos pesos y advertí que estaba en un momento crucial. Me pasaron a la báscula. Había bajado cinco kilos. Necesitaría dinero para lo que seguía. Por las visas en mi pasaporte y mi cartera el *Capi* ya se había dado cuenta de que tenía dinero. Debía usar eso a mi favor. En voz queda le dije: "Tengo seiscientos dólares en esa cartera. Si me los deja, cuando tenga visita le traigo algo". "¿Y cómo voy a confiar en ti, güero?" "No sé, *Capi*. Usted nada más confíe. Le va a convenir, de veras", traté de sonar muy seguro de mí mismo, pero por dentro me cagaba de miedo. El *Capi* tomó mi cartera, a tientas agarró algunos de los billetes, embutió el resto en el bolsillo de mi pantalón y me lo entregó para que procediera a vestirme. "Ándele, güero. Lo veo la semana que entra."

Los custodios nos guiaron por un pasillo abierto de concreto. Todos los focos del techo estaban rotos, de noche eso tendría que ser horrible. Quería preguntarles a los otros adónde iban, pero nadie hablaba. Llegamos a un salón grande, cubierto de malla, sin vidrios. Había ahí otras quince personas. Hacían fila para negociar con los custodios. Saqué un billete de veinte dólares y se lo puse discretamente en la mano tratando de no temblar. El guardia lo miró y se rió. No, güero. Si quieres seguir respirando, a ti te va a costar más. Cuatro billetes de veinte me daban acceso al mejor dormitorio de ingreso. Después tenía que ir al servicio médico. Viendo que tenía con qué, varios reos se me acercaron ofreciendo llevarme. Recordé cómo una vez, en Marrakesh, un amigo insistió que no necesitaban guía. A los cinco minutos nos asaltaron a punta de cuchillo. Yo descubrí al guía rechazado que espiaba el atraco escondido tras una columna. Por un instante nuestras miradas se cruzaron y confirmé lo que ya intuía, el guía nos había mandado asaltar, era el precio por andar desprotegidos. Desde entonces aprendí la lección, el guía tenía el poder. Más valía uno malo que ir solo. Escogí al que me pareció tener el semblante más inteligente. Se llamaba Martín y llevaba preso cinco años, aunque no parecía pasar de los veinte. Me adentré con él por pasillos de concreto pintado de azul y blanco, abiertos al aire libre, hasta la oficina de servicios médicos. Había una fila de más de treinta personas. Me dispuse a esperar. ¿No quieres irte?, preguntó Martín. Por supuesto que quería, hacía no sé cuánto que no comía, no bebía ni agua, pero había otros esperando delante de mí. Ellos también debían querer irse. ¿Porqué no le das un varo al estafeta?, me dijo Martín. Te va a dejar saltar la fila para que pases a antropométrico y te fichen. Luego ya entras a tu celda. ¿Por qué él decide si me salto la fila?, en verdad no entendía, era un preso como cualquier otro. Porque es de confianza. ¿Confianza de quién? De los custodios. Cuando los conocen dejan que ayuden. ¿Les dejan? ¿A cambio de qué? Comencé a entender la situación. Eran demasiados los presos y pocos los custodios. Tenían que usar a los presos para controlar a la población. Observé al que cuidaba la entrada de servicios médicos: portaba ropa beige igual que todos y tenía el pelo rapado, no había nada que lo distinguiera de los demás, pero su postura era distinta. Mientras los que esperaban estaban apoyados contra la pared o sentados en el piso él se mantenía erguido, alerta, hasta contento parecía cuando tenía que anunciar. Siguiente. ¿Y cuánto le tengo que dar? pregunté. Comenzaba a cansarme de la espera. Llevaba días sin comer, quería hablar por teléfono. Diez pesos. Me debían quedar todavía más de doscientos dólares en la cartera, pero no me atrevía a sacar el dinero y contarlo. ¿Cómo le hago para hablar por teléfono? Luego de que te fichen, cuando llegues a tu celda, ahí hay una tienda donde venden tarjetas Telmex. Le pasas una moneda al estafeta y te dejan hablar hasta las nueve. Después ya tienes que estar en tu celda, porque salen los monstruos. Qué horas son. Las seis. Qué día es. Lunes. Lunes, me habían agarrado un sábado; setenta y dos horas. Ése era el término para estar en custodia sin orden judicial. Todo había sido perfectamente legal. Setenta y dos horas, pensé. De pronto me sobrevino toda la sed que mi cuerpo atento a los sucesos estresantes había logrado ignorar. Todo ese tiempo que llevaba sentado sólo había escuchado un: siguiente. Saqué dos billetes de veinte dólares. ¿Los puedes cambiar? Serían cuatrocientos pesos. Traime feria. Traime agua y algo de comer. Recordé que podía hacerme daño si comía algo sólido, que debía habituar mi estómago poco a poco. No, no. Mejor sólo agua. ¿Me consigues también una tarjeta de teléfono? Martín salió disparado con el dinero. Cuando lo perdí de vista, temí que no regresara. Olvidé preguntarle cuánto tardaría. No le pedí ninguna garantía. ¿Qué le iba a pedir? Siguiente. Si no regresaba Martín, iría con el hombre de confianza, y le daría los veinte dólares enteros, sin regatear. Todavía me quedaba dinero. Deseé que Martín se apurara. Fue tan grato verlo regresar cargado con una botella de un litro. Bebí despacio. Había leído suficientes libros de aventuras que indicaban los peligros de avorazarme. Debía darle tiempo a mi cuerpo para absorber el líquido. Me sentí mejor. Concentré mi atención en beber sorbos. ¿Qué esperas?, me preguntó Martín. Mi turno. Pero ya te traje cambio.

Encogí los hombros. Si algo he odiado toda mi vida son los prepotentes que se saltan filas, los que creen que las reglas no se aplican a ellos. Estaba decidido a esperar. Durante mi largo encierro uno de mis pensamientos recurrentes al prepararme para morir era esta idea de que al menos había vivido de acuerdo a mis principios, que no me había dejado corromper por la ambición ni por el miedo. Me mantuvo vivo mi orgullo de haber sido una persona digna. Sentí un calambre en mi pierna derecha que me hizo engarrotarme. Pensé que necesitaba comer, descansar, lavarme. Las manchas en mi camisa me molestaban cada vez más. Comencé a desesperarme. Por más que quise aguantar, no pude. Caminamos hacia el encargado. Martín le puso una moneda de diez pesos en su mano. El que había sido despojado de su turno, se quedó en su sitio sin reclamar. Un joven médico me hizo desvestirme otra vez. Revisaba que no trajera golpes. Le dije que estaba deshidratado. Me tuvieron detenido setenta y dos horas. El médico volteó a ver la botella de agua. Pues toma, me dijo. ¿Eso era todo? ¿Qué sucedía con los que venían golpeados? ¿No debían ponerme suero? Me azotaron la frente. No tienes marcas. Mira, le mostré un leve moretón donde me habían apretado el brazo y las marcas de las esposas en mis muñecas, dos llagas rojas.

¿Qué quieres que mire? Por la mirada de Martín, entendí que lo que intentaba era absurdo. Me puse la ropa y salí de ahí. Siguiente. Cada interacción con los custodios me humillaba un poco más. Me hicieron voltear a la cámara, ponerme de frente, de perfil. Tomaron mis medidas, oprimieron cada uno de mis dedos para sacar huellas digitales. Yo sé que no existe un registro nacional de huellas, que la policía no tiene forma de corroborarlas ni compararlas. Todos los trámites no eran más que un circo, la mayoría están basados en teorías penales del siglo xix que ya han sido rebasadas. Finalmente, me dejaron frente a lo que iba a ser mi celda. Ahí se los encargo, dijo el estafeta. Martín no se movía de mi lado. Esperaba su pago. Yo no sabía qué hacer. No quería que vieran cuánto dinero tenía. Martín seguía cargando todas mis monedas. Lo tomé del hombro y nos alejamos unos pasos de los demás. Le hablé en voz baja: quédate cincuenta. Mañana me traes el cambio. Martín negó con la cabeza. Sentí cómo mis bolsas se llenaron de monedas sin que hicieran ruido, enmudecidas por el ruido de una televisión que estaba cerca. Martín tenía las manos ágiles de un carterista.

Me quedé solo frente a la celda que me había sido asignada. Me atreví por primera vez a verlos. Eran como diez, en ese momento solamente me dieron miedo y desconfianza. ¿Qué me iba a pasar? No quería que me vieran tan vulnerable. *"I am the master of my fate: I am the captain of my soul"*, me repetía a mí mismo. Un hombre se acercó y extendió su mano. Carmelo Vargas. Le di la mano y la apreté con fuerza. Carmelo detenía un cigarro en sus labios, tenía el pelo corto y engomado como puercoespín, una sudadera de zíper abierta por delante y otro suéter amarrado al cuello. Tenía los ojos muy grandes, negros, con una mirada intensa. ¿Por qué te entambaron? Su voz ronca de fumador. No sé, contesté. Muchachos, éste es Jorge, y no sabe por qué lo agarraron. Todos se rieron. A él se le formaron dos hoyuelos en las mejillas y noté que sus dientes estaban separados. Apuesto a que eres inocente, dijo, levantando una ceja. Sí. Las risas resonaron hasta el pasillo. Decidí que era mejor decir lo menos. Hoy no hay cama para ti. Te toca el sarcófago. Apuntó con el cigarro al espacio entre el piso y el primer catre. No podía caber ahí, eran menos de treinta centímetros. Me quedé mirando el espacio. ¿Cómo iba a conseguir comida? No me salía la voz. Estuve quizás quince minutos parado y en silencio. Mientras los otros resumieron sus actividades como si yo no existiera, Carmelo me observaba a distancia. Se acercó a mí, me ofreció una camisa y un pantalón limpios. Señaló hacia un tubo de agua que había en la parte trasera del dormitorio, del cual colgaba una botella de plástico perforada que hacía las veces de regadera. Ándale, ponte esto y báñate, que apestas, ya te acostumbrarás. Me daba cuenta de que era de noche, pasadas las nueve, ya no podría hablar por teléfono, oí que pronto cerrarían el dormitorio. Me atreví a preguntar: ¿A qué hora sirven el desayuno? Otra vez se rieron de mí. Carmelo le explicó que si quería comer podía salir a comprar comida en la tienda que aún estaba abierta. Si tenía dinero podía mandar a alguien por ella, sobraban mensajeros. La única comida gratuita que servían era la del rancho, que ni los animales la querían. Si quería sobrevivir, debía pagar por ello o por que lo mandaran de fuera. Te ves riquillo, me dijo, en el dormitorio dos hasta piden sushi y pizzas de restaurantes. Mientras tengas con qué, aquí no te falta nada.

Saqué unas monedas y se las di a Carmelo, precisé que no comía carne, si me podían conseguir cereal o fruta estaría bien. No me iban a agredir, por lo menos no en este instante. Me relajé y sentí de nuevo mis pulmones. Tan pronto solté el aire que había retenido, me volví a tensionar, que si era sólo un truco para que bajara la guardia y ahora cuando me desnudara me robaban todo. Titubeé. Pensé en no quitarme la ropa pero tampoco quería quedarme embarrado de mierda. Debía parecer lo más fuerte posible. Tomé el montón de ropa y me dirigí hacia el tubo de agua. Hacía frío, el agua estaría congelada. Mientras me desvestía, los demás volvieron a la televisión, algunos a jugar naipes. Si me iban a emboscar estaban actuando bien. Esperé a que se llenara la botella de agua que hacía las veces de regadera, poco a poco empezaron a caerme gotas como carámbanos sobre la espalda. Había un jabón. Aun tiritando, mi cuerpo mantuvo el calor, esa regadera congelada fue mi mejor momento en mucho tiempo. Algo de las vejaciones que sentí se desvanecía al limpiarme. Me tallé hasta sentir la carne roja. Carmelo me había dejado una toalla.

Me sentía extraño con la ropa ajena, olía raro. Carmelo me observaba. Había visto que me acerqué la ropa a la nariz para olerla. Le ponen cloro cuando lavan para matar a los laicos. Son unas chinches que hay por todos lados. Hay que tener mucho cuidado con ellos. Apuntó a un Raid que estaba sobre un estante hechizo. Será mejor que te rapes. Esos rizos pueden ser demasiado tentadores.

Sobre una mesa plegadiza de cerveza Corona encontré bolsas de papas fritas, gansitos, chocorroles y dos plátanos. Comí un plátano primero, muy despacio, escuché las explicaciones de Carmelo, quien llevaba ya un año en ingresos. Hablaba dando caladas a su cigarro. Hay cuatro secciones de dos pisos, nueve celdas en cada una. Se supone que eran para cuatro, pero somos siete. Población general tienen hasta quince en una celda, se turnan para dormir. Se escuchó un grito a lo lejos que se iba repitiendo cada vez más cerca diciendo que cerráramos puertas. A las diez de la noche es cuando sacan a los apandados, dijeron. Yo no entendí qué era eso, pero no me atreví a preguntar. El custodio puso llave a la reja por fuera y yo vi que Omar añadió otro candado por dentro. Agarré mi comida. Todos se fueron a sus catres y yo me quedé parado en el centro de la celda, hasta que me di cuenta de que esperaban que me encajonara en el piso, debajo de uno de los camastros. Me hinqué para ver el espacio. Habían quitado las cosas que antes se encontraban ahí. Me advirtieron que no metiera comida, había cucarachas. Les pasé mi comida y me acosté sobre el piso impávido. La manta de Vargas no me cubría. Escuché pasos. Los barrotes de la celda estaban cubiertos de plásticos, ropa, sarapes y mantas para que el frío no entrara. Boca abajo, pude ver entre las rendijas y el plástico a los monstruos: otros presos flacos, más encorvados, con pasos que no se despegaban del piso, algunos sin dentaduras y la mirada perdida. Al ver los tics y nervios desgarrados de los presos me di cuenta de que yo también temblaba. El castañeteo de mis dientes se sumaba a los ruidos del exterior. Vargas me ofreció una almohada que apestaba a cigarro. Me puse de costado para que mi cuerpo tocara lo menos posible la superficie del piso. Abracé la almohada y cerré los ojos.

Me era imposible dormir, además del frío, cada ruido me alteraba. Los tres días que estuve encerrado antes de llegar al penal habían extenuado todas mis fuerzas, pero antes, aunque temía que en cualquier momento abrieran la puerta, estaba solo. Ahora me encontraba en un cuarto con diez extraños, que si bien no me habían tratado mal, eran capaces de cualquier cosa. No era que temiera por mi vida, me decía a mí mismo, ya estoy preparado para morir, pero deseaba dejar de tiritar, dejar de sentir a las cucarachas que pasaban sobre mi cobija. Oía el ronquido de uno y de vez en cuando pasos. Por más que intentaba controlar mi respiración y repetir una frase para calmarme sólo lograba que mi corazón latiera más rápido. Es un ataque de pánico, es un ataque de pánico, repetía en mi cabeza a manera de mantra. Mi suplicio no duró la noche entera. En algún momento caí dormido porque me despertaron las hebras de una escoba que empujaban contra mí. Había que ir a pasar lista. Aún no amanecía y los internos se formaban en el patio para que dijeran su nombre. Carmelo me advirtió que podía pasar horas esperando, pero si quería saltarme la lista, tenía que dar diez pesos. Decidí quedarme de pie con los demás. Los de mi celda pagaron y se fueron. El patio estaba helado, yo seguía temblando, estaba seguro de que mis labios se verían morados. Sólo los de ingreso formábamos filas y filas de presos. Hice un cálculo rápido, debíamos de ser más de trescientos. No podíamos irnos. Debíamos esperar a que dijeran nuestros nombres. Carmelo me había prevenido; valía la pena pagar, pero yo me había negado y ahora era demasiado tarde. Mis piernas se vencían, las movía de un lado para el otro con tal de no entumirme. Por fin dijeron mi nombre y lleno de alivio regresé al dormitorio. Qué ironía, retornar a mi espacio en el piso de una celda se había convertido en un consuelo. Al llegar me felicitaron. Comían gansitos y tomaba Nescafé, se habían bañado. Cada uno me aseguró a manera de bienvenida que la primera noche era la peor. Me disponía a preguntarles cómo hablar por teléfono cuando un mono llegó al dormitorio gritando mi nombre. ¡González Conde Jorge, González Conde!

Un custodio me esperaba en la puerta. Lo seguí por los pasillos hasta llegar a una oficina iluminada por un tubo fluorescente. Detrás del escritorio se encontraba mi hermano y un hombre uniformado, al parecer de alto rango. Cuando entré, Miguel se paró de la silla inmediatamente y se dirigió hacia mí para abrazarme. Di un paso hacia atrás. ¿Estás bien? ¡Por fin te encontramos! Me tendieron una trampa. Querían mandarme una advertencia, pero no te apures, me la van a pagar. Yo me encargo. Mañana sales de aquí. Ya están presentando el amparo. Contraté a los mejores penalistas. Yo lo observaba. Llevaba traje y corbata; estaba limpio, alimentado, sano. Su pelo, peinado hacia atrás. Sobre el dedo una argolla dorada. Él no había dormido en el sarcófago. No había temido por su vida. Ni llevaba días sin comer. Él no estuvo cubierto de heces. Él estaba dando órdenes. Tenía razón. Alguien tenía que pagar. Con todas mis fuerzas apreté el cuello de mi hermano.

Eso fue lo último que recuerdo. Me golpearon en la nuca y perdí el conocimiento. Me desperté sobre el catre de Vargas. Cuando abrí los ojos me ofreció un Nescafé humeante en vaso de unicel. Llevé mi mano a la nuca, donde me habían golpeado con el tolete. Tenía que hablar por teléfono.

Me ha tomado quince días escribir el pasaje anterior. A diario me siento unas horas con un cuaderno Scribe de hojas que se rompen con la única pluma que he logrado conseguir, y aún estoy en mi segundo día del reclusorio. Al paso que voy estaré fuera antes de que pueda contar lo que me sucedió. Lo que me está sucediendo. No quiero ser más sucinto porque debe de quedar un recuento, algo de lo que he pasado. He notado que otros también escriben, pero apenas si logran poner algunas oraciones más o menos hiladas con mala ortografía. La falta de educación es lamentable, aunque debo resaltar que el encierro les permite a muchos regresar a las aulas y educarse como nunca lo harían fuera. Hasta hay clases de ruso. No me explico por qué. ¿Resabios de la guerra fría, introducción a la mafia? Quiero que Jerónimo me consiga una laptop. *El Contador* tiene una. Así no sólo podría escribir mejor, sino también usar el internet que de repente me dicen está disponible. Me entristece pensar que es una de las cosas que más extraño, estar frente a mi computadora, perdiendo el tiempo leyendo. El aburrimiento aquí es bestial. No logro ni concentrarme. Hay una biblioteca con algunos libros pero apenas los abro me doy por vencido. Debo seguir mi relato, es la única forma de llegar al presente.

El primer día, guiado por Carmelo y unas cuantas monedas, salté la fila para utilizar el teléfono y marqué el número de memoria. Me habían advertido que al colgar debía de marcar números falsos para que los de mis familiares se borraran, o si no, luego los utilizaban para extorsionar. *Ésta es una llamada proveniente del reclusorio, si acepta la llamada, marque uno, si no, cuelgue ahora.* Alcancé a decir "Rafaela, Ra, ra, Rafaela" antes de que colgaran el teléfono. Intenté un par de veces más hasta que me di por vencido. Quiero ser completamente honesto y por eso puse lo de "Ra, Ra…" Es verdad, tartamudeé. De niño solía hacerlo, una de las muchas cosas que desquiciaban a mi papá, pero lo superé en algún momento. No sé cómo, porque no me mandaron a terapias ni nada, simplemente dejé de hacerlo. En fin, me consternó volver a escucharme así, pero así fue. Podría mentir y mostrarme más seguro de lo que soy, pero éste es mi relato. Lo único que me queda es mi integridad, el valor de ser yo mismo, por más imperfecto que sea. Eso se aprende después del encierro, tu condición es tan precaria que piensas, si salgo de ésta jamás volveré a preocuparme por lo no esencial. Llamé a Jerónimo y otra vez me costó trabajo, dije "Je, Je, Jerónimo". Noté la alarma en su voz, me preguntó que dónde andaba, al parecer me estaban buscando. Le dije que en el Reclusorio Norte y me preguntó por qué. "No sé. Algo de Miguel, mi hermano, llegó dizque a salvarme. Vino en la tarde para sacarme, pero no le voy a dar el gusto." Luego le contaría que traté de ahorcarlo, pero por ahora sólo deseaba que me consiguiera dinero, ropa caliente, cobijas. De alguna forma logré explicarle que yo quería defenderme, darle mis contactos para que tuviera dinero, los datos del notario, pero perdí la calma cuando me preguntó si quería que llamara a mi mamá. Eso me sacó de quicio, mi mamá, de alguna forma ella también era responsable de que yo estuviera aquí. Cuando hables con Miguel pregúntale si Rafaela y Magali están bien. Me quedé con el teléfono en la oreja oyendo pitidos minutos después de que Jerónimo colgó. Hasta que Carmelo se dio cuenta de que no hablaba y vino a recordarme que pulsara otros números. ¿En qué momento nos encontramos con la realidad?

De vuelta en la celda, la gravedad de mi situación comenzaba a oprimirme. Me faltaba aire, y por unos segundos imaginé cómo se sentiría que te enterraran vivo, primero la tierra sobre tus pulmones aplastando la respiración, y luego sobre tu nariz y tu boca, la asfixia. Carmelo hablaba, sin que yo pusiera atención. ¿Por qué me había colgado el teléfono Rafaela? ¿Sabía que era yo quien llamaba? Seguramente no, yo también hubiera colgado una llamada del reclusorio. Debía pedirle a Jerónimo que la buscara. Necesitaba verla. Carmelo me contó que en el D-9 estaban las genéricas. Así les dicen aquí a los homosexuales. Los demás dormitorios son para los delitos con violencia. Ahí van a mandar a Roberto, nada más están viendo en cuál hay cupo.

Siguiendo las explicaciones de Vargas, traté de imaginar mi vida en el penal. ¿Cuánto tiempo tendría que estar aquí? ¿Cuándo vería a un juez? A la hora de comer los presos de las celdas de ambos lados del pasillo juntaron su comida con la de nosotros. Uno que llamaban Salvador dispuso de todo con cuidado en una especie de bufete. Usaban una parrilla eléctrica y sartenes, pero el resto de los utensilios eran de plástico con excepción de la charrasca, una tapa de lata con la que cortaban en lugar de cuchillo. Esa comida, y todas las subsecuentes, fue larga. No hay nada más que hacer. Martín pasó a saludar y a preguntar si se me ofrecía algo.

Quizás lo más difícil en el transcurso del nacimiento a la muerte es la aburrición. En realidad son pocos los placeres disponibles; la comida, el sexo, el amor son tan escasos y pasajeros que aunque uno pasara la vida persiguiéndolos con éxito, y éste no ha sido mi caso, todavía habría que lidiar con el tedio. Ahora, encerrado, el tiempo se estancaba. Aún no pasaban veinticuatro horas pero me veía obligado a aceptar mi situación. Si quería sobrevivir debía encontrarme un trabajo. O ponerme a escribir. (Ese día fue cuando empecé el cuaderno.) Se me ocurría también ayudar a defender a los más necesitados, y hacer una diferencia, más pertinente que cuando daba clases en la universidad. Aquí se estaban jugando vidas.

La tarde era larguísima, las horas se espesaban como si toda la cualidad acuosa del tiempo se hubiera evaporado y quedara denso.

Algunos presos vinieron a contarme sus historias. Yo les llamaba la atención, se corrió la voz de que era licenciado y profesor, y en un lugar sin esperanza de pronto yo era alguien a quien acudir, otra puerta dónde tocar en la interminable y absurda burocracia en la que estaban viviendo. Escuchaba atentamente. Dame tiempo, hermano, todavía no entiendo qué ha pasado, les decía.

Cuando se hizo de noche regresé al sarcófago. Escuché los pasos arrastrados de los locos y drogadictos, a los que les dicen monstruos o apandados. Tomé conciencia de lo que había comenzado a esbozar la noche anterior al ver a esos seres tan abandonados y enfermos que aun dentro de un penal evitaban el contacto con ellos. Sentí una compasión profunda por su desamparo. La lástima que hasta entonces dirigía hacia mí —por no ser ágil ni flaco, ni guapo ni hábil, ni carismático ni galán, por ser tímido, torpe y solitario— comenzó a desvanecerse. Ahí, acostado sobre el piso de concreto frío, encerrado en una cárcel sin saber de qué se me acusaba, comencé a sentirme fuerte y cuerdo, capaz de tomar el destino en mis manos, de enfrentar a mi hermano y a mi mamá, de ayudar a los otros reos. Aunque no me lo crean, dormí levemente entusiasmado por lo que podría suceder al día siguiente.

A la mitad de la noche, escuché dos disparos. Desde mi lugar en el piso de la celda me di cuenta de que nadie se movía. Quizás era normal escuchar disparos. ¿O los había imaginado? Recordé el cuadro de Goya del fusilamiento del 2 de mayo y todas las imágenes de ejecuciones que había visto a lo largo de mi vida se me abalanzaron como una cascada. ¿Qué pasaba con los ejecutados después de que morían? ¿Había un lugar sólo para ellos? (Así lo imaginé esa noche, pero escribí y completé esta parte del relato a lo largo de varios días una vez que tuve computadora y acceso a internet.)

Los ejecutados vivían en dos territorios colindantes: un bosque denso y oscuro de grandes árboles muy enraizados, suelo húmedo, tierra negra y hojas mohosas; junto a un valle extenso de tierra seca y amarilla donde sólo crecen plantas espinosas y el sol arde inclemente.

Venados y cazadores vivos moraban los dos territorios. Los ejecutados suponían que quizás se habían convertido en una especie de espectros. Las balas eran reales. No podían volver a matarlos, pero sí penetraban sus cadáveres causando heridas inútiles y molestas que daban lugar a diálogos así:

—A mí me ejecutaron de un balazo en la nuca, ¿ves? Prisionero de guerra. Todavía siento el frío del cañón del arma sobre mi cuello que me obligaba a hincarme, las rodillas de mi asesino contra la espalda. Pero esta herida en el pecho fue de un cazador, un descuido.

Al darse la vuelta exponía una espalda hecha trizas. La bala había entrado por el pecho haciendo apenas un hoyo negro del tamaño de una moneda, pero como era expansiva la espalda estaba destruida. Tenía la carne destrozada, las costillas rotas, pedazos de columna vertebral volados. Dentro de lo que le quedaba de tórax se veía un corazón que no latía.

Aun sabiendo que las balas no hacían daño, nadie se acostumbraba a ellas y no les gustaba que les dispararan, ni el ruido que en algunos provocaba revivir las angustias y sudores del momento de su muerte. Por esto los ejecutados pasaban el día en el paraje desértico, escondidos en madrigueras rascadas con sus propias uñas. La tierra era porosa y fácil de excavar. Los ejecutados construyeron túneles, ciudades enteras donde se resguardaban de las balas y el calor. Tenían comedores comunitarios, pequeñas recámaras, salas de reunión. Un hormiguero subterráneo e infrahumano. El problema era la convivencia y la claustrofobia. Estar abajo requería ser amable, al menos tolerable.

Kennedy, por ejemplo, tardó unas semanas en perdonar a Lee Oswald quien llegó poco después que él. Fue el archiduque Francisco Fernando quien le explicó la situación. Junto con su primo Rodolfo de Habsburgo, le hicieron entender que para estar ahí había que perdonar a los enemigos, incluso a los asesinos. Ellos podrían considerar a todos los serbios, o eslavos, incluso los rusos o americanos sus enemigos, o ir más allá y odiar a la enorme cantidad de antiimperialistas que había, pero que era mejor no hacerlo si quería estar dentro del hormiguero. A Kennedy le había bastado media hora de estar fuera en el desierto y una extensa explicación de Francisco Fernando sobre la cacería de ciervos, para darse cuenta de que bajo tierra era el lugar donde quería estar. Debía olvidar las causas de su muerte y adaptarse al nuevo régimen. Era mejor que estar solo en el bosque o desierto asediado por más disparos.

Joan Vollmer, la viuda de William Burroughs asesinada de la mano de su esposo en un fallido acto de Guillermo Tell, tenía un salón literario y buena posición en las cuevas. Sin drogas ni alcohol que nublaran sus capacidades, su mente brillante atraía a todos los interesados por las letras. Isaac Babel y Lorca jamás faltaban. Cuando llegó Hemingway, todo se fue al carajo. Después de un breve y tortuoso romance con Federico, Ernest puso su mirada en Joan, o ella en él, y decidieron dejar la sociedad para vivir solos en el bosque. Un par de veces al año regresaban a la cueva, conocían a los nuevos, rompían un par de corazones y volvían al bosque. Joan decía que Ernest estaba trabajando en la mejor novela de todos los tiempos, y ella la había memorizado, pues no tenían dónde escribir. Desprovistos de materiales, en la cueva habían vuelto a la escritura cuneiforme, utilizando un nuevo alfabeto. Pero no habían logrado encontrar el material para cuajar el barro, frecuentemente las tabletas sobre las cuales escribían se desmoronaban.

Por esto, valoraban más la poesía oral. Había un buen número de raperos y cantantes muy talentosos. Era mucho más entretenido verlos que pasar horas descifrando marcas en el barro. Podían disfrutar a Selena y Notorious B.I.G. ataviados por Versace casi todas las noches. Lorca con sus palmadas y voz gitana también tenía éxito. Montó un show con Muñoz Seca que duró varias temporadas.

Los principales políticos de la comunidad, Maximiliano, Morelos, Hidalgo, el Che Guevara, Kennedy y Luther King habían ideado una forma de gobierno justa, y la cueva se administraba conforme a estos preceptos. Los que no lo aceptaban, salían o eran expulsados al bosque.

Antonieta Rivas Mercado, después de su espectacular suicidio en Notre Dame, finalmente había superado su afición por los homosexuales, y habiendo perdido a Vasconcelos tuvo que contentarse con Bob Kennedy, a quien le perdonaba sus infidelidades.

Las adúlteras árabes eran las más felices, algunas porque también habían ejecutado a sus parejas y ahora vivían en paz con ellos. Otras porque naturalmente las mujeres escaseaban y como tal sus excesos eran aplaudidos.

Los ejecutados seguían morando la tierra, eternamente y entre balas. Habían llegado a la conclusión de que los cazadores sentían su presencia pero no podían verlos y no les quedaba de otra más que esquivar balas por toda la eternidad.

Es imposible escribir todo lo que me acontece en cada momento. Llevo casi un mes de retraso. No he contado mi primera visita ni cuando me rapé, y ya van tres veces que lo hago.

Martín vino a mi celda para recordarme que debía saldar la deuda que tenía con el comandante de entrada. Güero, me dijo que le debías unos dólares. ¿Ya los tienes? Hoy venía a visitarme Jerónimo y esperaba que me trajera dinero, había ya contraído algunas otras deudas y me urgía el dinero. Dile que hoy averiguo. ¿Tienes visita? Sí. ¿Te trae algo? No sé. No seas pendejo y avísale al comandante Ramón para que lo deje pasar. Si no, no lo dejan. Así funciona todo, entre los comandantes, las mordidas y la miseria. Vargas escuchaba la conversación. Tiene razón. Tienes que hablar con Ramón o con Suárez. Pero ni sé si me trae algo. Nada más me estoy endeudando de oquis, dije yo, tratando de librarme. Me empezaba a molestar tener que pagar por todo. Martín me acompañó a cortarme el pelo. Luego nos dirigimos donde el comandante Ramón, más como una forma de pasar el tiempo. Le conté que tenía visita y le aseguré que después traería dinero, pero no estaba seguro de que fuera a suceder hoy.

De todas formas no se apure. Usted tendrá lo suyo, comandante, le dije. En pocos días he aprendido a hablar como de aquí y creo que me ven menos raro.

Me odiaba al decir esas palabras, y al mismo tiempo ya me había dado cuenta de que no había otra forma de operar más que con el consentimiento de los guardias. Hasta para conseguir una mesa en el patio de visitas tienes que dar una moneda. Los que no tienen se sientan en el piso sobre cobijas, daban pena.

Había una multitud en el patio pero no me costó trabajo localizar a Jerónimo. Traté de mantener mi compostura, sin embargo no podía evitar sacudir la rodilla izquierda mientras lo escuchaba decir que mi casa estaba bien, que había logrado sacar el poder, que el notario vendría el martes y de ahí pasarían a jurídico. Mi hermano decía que me había vuelto loco. El amparo que interpuso no procedió porque yo me negué a firmarlo, lo cual no es verdad, pero mi abogado va a ir hoy mismo a juzgados para revisar el expediente. Le relaté a Jerónimo los tres días que me tuvieron encerrado, no voy a repetir la conversación porque ya la describí antes. Luego le conté lo de Miguel. Le dije que estaba arrepentido, pero no lo suficiente como para ponerme otra vez en sus manos. Insistí en que quería salir de aquí yo mismo, y que cuando lo hiciera no iba a tener nada que ver con mi familia jamás. Le pregunté por Rafaela y Magali, que también estaban en el avión. Dijo "tu hermano que estaban bien". Que no les había pasado nada. ¿Nada? Eso dijo. Ve a ver cómo está Rafaela, por favor. Dile que conteste el teléfono, que quiero verla. Antes de despedirse, le entregué el número del comandante Ramón, que sería el enlace para mandarme dinero. Prometió que regresaría en un par de días. Jerónimo me entregó una bolsa con un edredón, cobijas, y ropa color caqui, más comida y libros. Bajó la voz. Me trajo Kafka, Mann, el Código Penal y de Procedimientos, Platón y su ejemplar de *La guerra y la paz*. Ahí me vas mandando decir qué quieres. En *La metamorfosis* metí dinero. Al ver los libros me puse triste. Por primera vez en mi vida no tenía ganas de leer.

Los libros están todavía sin abrirse. Poco a poco me he acostumbrado al ritmo del penal. En mi expediente, que como suponía es totalmente fabricado, me acusan de traficar armas. Aparentemente en el avión encontraron un cargamento. ¿Pero cómo me vinculan? No hay ninguna prueba en mi contra. Dicen que es *in fraganti*. Aquí a todos los atrapan así, en el mismito momento de cometer el delito, así no hacen falta pruebas ni investigación ni una policía seria. Como previó Vargas, Roberto y Salvador fueron transferidos a otro penal. Al quinto día me tocó dormir en el catre. Él está en el catre de junto, y no deja de fumar ni en la noche. Nada más veo la punta ardiente del cigarro ir y venir de su boca mientras me asfixia el humo. Dice que ya me acostumbraré, que uno a todo se habitúa. Pero eso no es cierto, si así fuera no temerían la remesa. Casi cada viernes hay redadas para disminuir la sobrepoblación en el penal. Después de ser picado (asesinado con la punta de un cepillo de dientes afilado), o violado, la remesa es el evento más temido del penal; sin aviso, te mandan a una cárcel en Sonora, Tabasco o cualquier estado, hasta las Islas Marías, haciendo casi imposibles las visitas y consecuentemente el sustento diario. Todo lo que tenemos viene de fuera: el dinero, la ropa, las cobijas, la comida. Los viernes en la noche a veces simplemente cambiaban a los presos de dormitorio para alterar las estructuras de poder, otras veces desaparecen de improviso de las celdas. Los custodios pasan con la lista, van gritando nombres pasillo por pasillo y los sacan al patio. A Vargas le tocó un par de veces y me contó que te quitan toda la ropa que no sea beige, si traes dinero te lo quitan o cigarros. No les importa que te quedes sin ropa. Siempre queda alguien en cueros. Luego te llevan al Centro de Observación y Clasificación. Una vez les hicieron caminar en cuclillas hasta ahí. Tenían que cantar "cuac, cuac, mamá, papá, ya no vuelvo a robar…" Si no lo hacías te daban un bombonazo. Tú que puedes, pide arreglarte antes con los custodios para no pasar por ahí. Di que te asignen a una zona tranquila. Vargas quiere convencerme de que pague para que nos cambien al dormitorio dos, donde estaríamos más cómodos. Es el V.I.P. A veces la idea de estar solo con Vargas me entusiasma, pero no logro tomar una decisión. No puedo imaginar el futuro, estar aquí, encerrado, se detiene el tiempo en forma tal que no puedo tomar ninguna decisión. Rafaela ha mandado decir con Jerónimo que no quiere saber más de mí. Que si le vuelvo a llamar, cambia de número. Mi juicio no prospera, me negaron el amparo contra la orden de aprehensión a pesar de que está llena de irregularidades, por estar fuera de tiempo. Ya no me presento a pasar lista, prefiero como los otros quedarme en la celda y esperar a que abran la tiendita.

Ayer en la mañana decidí presentarme en el patio junto a los demás presos que no tienen cinco pesos diarios para librarse de pasar una hora fregando en el piso helado. Creo que el trabajo físico me va a ayudar a controlar los nervios, necesito el mecánico vaivén del trapeador o la jerga. Los días se suceden sin que yo tenga nada que hacer, ninguna injerencia. Los tiempos del expediente corren a cargo del juzgado, sólo la compañía de Vargas, las visitas de Jerónimo y la limpieza marcan mis días. La idea del dominio me obsesionaba. No mando sobre nada. Antes había sido libre, tenía mi vida en mis manos, mi casa ordenada a mi gusto, mis clases, mi bicicleta, era el dueño de mi destino. Ahora no logro imaginar futuro alguno, ni siquiera para cambiar de dormitorio, cada movimiento está sometido a una rutina impuesta por otros. Las horas en soledad me fuerzan a recordar, a imaginar. Despertar es lo peor. Salir de los sueños, abrir los ojos y saber que sigo aquí, que mi vida es esto. Despertar es caer en una profunda depresión. No quieres salir de la cama. Despertar es morir, resignarme otra vez, volver a escuchar los mismos ruidos. Los gritos constantes llamando a presos a juzgados, el radio, la tele, el olor a muchos. La fajina, por dura y desagradable, me fuerza a empezar el día. Carmelo dice que va a dejar de fumar por mí, me hizo que le comprara chicles de nicotina.

Jerónimo me cuenta que afuera del reclusorio siempre hay perros. Esta vez vio dos o tres perros vivos, en diferentes estados de descomposición, y le impresionaron mucho porque fue muy preciso y no dejaba de describirlos. Uno tenía algo de pastor alemán, con las orejas roídas, como si en la noche las ratas lo hubieran mordisqueado. Las orillas chuecas le sangraban y encima rondaban moscas que no se alejaban, protegiendo el territorio. El perro estaba echado de lado, con las patas estiradas, pedazos de piel rosada y gris se asomaban por entre cachos de pelaje despeinado y sucio. A unos cuantos metros había otro que alguna vez había sido blanco, con algo de poodle o maltés; su pelo amarillo como si lo hubieran teñido con orín, color sepia. Las puntas del mechón se le juntaban como trapeador. También estaba tirado sobre la banqueta. Era muy flaco, ni siquiera el pelaje escondía los huesos, su barriga estaba hinchada. Jerónimo pudo ver unas tripas salidas. Intestino delgado, lo más probable, pensó. A lo lejos Jerónimo vio un podenco. Éste arrastraba una pata tullida. Al parecer los visitantes al penal tienen lástima de ellos y les avientan pedazos de tortilla o alguna sobra, porque las veces que ha venido al reclusorio siempre los ve en distinto estado de deterioro. La primera vez le llamó la atención, como un pedazo de caca en la banqueta, como algo que advertir, me dijo. Cuidado con el perro, no pisar. No era posible acercárseles, parecían bastante salvajes. Más bien daban ganas de dispararles al cráneo, sacarlos de su miseria. Lo escuchaba pero entre más seguía hablando de los pinches perros y su miseria comencé a encabronarme. ¿Te preocupan ellos que están afuera, cuando aquí estamos doce mil humanos pudriéndonos? ¿También quieres darnos un balazo en la cabeza? Sácanos de nuestra miseria de una vez.

La visita concluyó sin que estuviéramos listos para despedirnos. Siempre es igual. Ya nos hemos acostumbrado a dar un abrazo rápido y salir, para no ver el chilladero, sobre todo los jovencitos y las niñas. Entre más lo pienso creo que lo entiendo, la compasión es la compasión, o se tiene por todo lo que sufre, o no se tiene, pero no puede haber distingos, no se puede compadecer por nosotros y ser indiferente ante el sufrimiento de los perros. O a uno le importan los demás o le valen madres, no hay medias tintas.

De vez en cuando pasa un señor que vende "pastillas para pasar el tiempo". Al ingerirla los presos quedan totalmente atolondrados, y sí, dicen que después de tomarla el efecto de que no había pasado el tiempo es sorprendente. Ha de ser como una anestesia; cuando me operaron de apendicitis, perdí por completo la noción del tiempo. Tendrá algún derivado del opio. Poco a poco, la cabeza de quienes la consumen deja de funcionar. Eso a nadie le importa, cuando ya no pueden operar con un mínimo de normalidad los pasan con los apandados. No es fácil conservar la cordura.

Carmelo y yo nos cambiamos al dormitorio dos. Lleva ya tres semanas sin fumar, ni chicles, así que por fin me convenció. Tenía razón, es mucho más agradable. Sigo insistiendo en hacer la limpieza. Friego los pisos, aplano el patio, limpio los baños. Nos organizan en grupos de cinco, sólo lo hacen los más desprotegidos, aquellos que no tenían familia o están mal de la cabeza. Cualquier otro, después del primer día, busca trabajo en los talleres, vendiendo cigarros o lavando ropa para pagar y zafarse. La fajina es un castigo para el que no entra en el sistema. También funciona para someter a los recién ingresados. Yo lo hago por principio, me parece injusto librarme por una moneda y lo hago a diario, a manera de ejemplo. Me doy cuenta de las inconsistencias de mi argumento, porque no logro dejar de pagar por otras cosas. Admito que en parte lo hago porque me gusta. Cuando agarré la cubeta con la jerga y me puse a limpiar rompí una de las principales reglas del penal, porque sabían que yo era de los que tenía. Aquí los estratos sociales están marcados y defendidos con la vida. Es la única dignidad a la que pueden aferrarse. Lo impensable es que a mí me gusta hacer limpieza, sentir que en algo ayudo a mejorar el lugar. Tener control sobre la mugre. Limpiar sosiega mis ansiedades, me hace sentir útil.

Ayudo a algunos en sus procesos, e incluso hemos conseguido más de quince estudiantes que apoyen a los presos, pero el sistema es tan lento y tan ineficiente que no nos damos abasto, por cada logro hay tantos retrocesos y decepciones que no deja de ser complicado. Puedo pasar todo el día leyendo expedientes, pero al final hay poquísimo por lo que podamos hacer. Presentamos un escrito y luego a esperar otra vez.

A las áreas comunes del penal le llaman el pueblo, ahí hay un pasillo oscuro y sin ventilación que desemboca en el baño más sucio de todo el reclusorio. Ese corredor sólo se usa para castigar a presos. Antes de entrar a la cárcel el peor hedor que yo había olido era el de los baños de las cantinas adonde iba con mis amigos. Ni siquiera había ido a mear en un estadio o en la Plaza de Toros porque me daban asco. Recuerdo un día que mi papá me llevó a los toros, yo nunca había querido ir, pero aquel día Miguel no estaba y papá ya tenía dos boletos. Todo salió mal, no me gustaron los tacos Villamelón y vomité. Luego me negué a tomar cerveza por evitar ir al baño y pasé la mayoría de la corrida observando mis zapatos, era tan sangrienta. Cuando terminó, papá me preguntó si me había gustado la fiesta brava. Por agradar, contesté que me parecieron bonitos los trajes de luces. Papá no volvió a mirarme.

Cuando me llevaron al hoyo, el pasillo maloliente y tenebroso que desemboca en el antiguo baño que ya sólo se usaba para quebrar gente, casi me desmayo. A dos metros de distancia de la entrada el pasillo empieza a oler y de ahí cada vez se hace peor. Yo sabía que el hedor sólo molesta durante un rato, después el cerebro deja de percibirlo. Aun así no fue fácil. Sobreponiendo mi voluntad a los instintos de mi nariz me adentré al pasillo con mi cubeta de lejía. Salí tan rápido como pude. Era imposible. Yo sólo sé limpiar a fondo. Mi mente no me permite parar hasta que esté terminado. Me di cuenta de que con mi cubeta de agua casi sin jabón no iba más que a embarrar la mierda. Hice una lista de lo que necesitaba y juré volver. Me tomó una semana hacerme de los instrumentos necesarios, pero durante ese tiempo estuve más motivado y entretenido que nunca. Todos venían a preguntarme qué estaba haciendo porque veían los materiales acumularse en el pasillo, venían a pedirme que les diera trabajo, pero cuando les decía de qué se trataba ya no les interesaba ayudar —nadie se atrevía a entrar ahí—. En cinco días tenía tres tinas, dos galones de cloro y tres de limpiador, un bote de *thinner* que todos veían con sospecha, cinco pares de guantes, diez fibras de alambre y un paquete de cien cepillos de dientes. Dijeron que era un loco, un maricón por usar guantes, un despilfarrador y un excéntrico. La última palabra fue la que más pegó entre una población que no podía entender mi comportamiento. Excéntrico. Muchos la oían por primera vez. Si en la calle estos productos hubieran costado quinientos pesos, en el penal pagué cuatro mil. No me importó. Ésa era mi forma de limpiar las injusticias. Lo estaba haciendo por todos a quienes les habían roto la cara contra el mingitorio, por todos a los que habían violado ahí dentro. Fregué dieciséis horas sin parar. Con los cepillos de dientes tallé cada mosaico. Pasé la mayoría del tiempo de rodillas y, por más que intenté usar mis conocimientos de yoga para no lastimar mi cuerpo, terminé molido. No pude quitar todas las manchas ni lo embarrado. Al final de mi labor, el baño pasaba por uno medianamente asqueroso. Restregué y enjuagué, la suciedad se había metido a los poros de la cerámica, había demasiadas quebraduras en el piso, el mingitorio estaba permanentemente dañado. Seguía siendo un baño inmundo.

Eran las doce de la noche cuando salí de ahí. Carmelo me esperaba en el patio con otros compañeros del dormitorio dos, mientras un custodio nos vigilaba a lo lejos. Seguro habían pagado caro por el privilegio de no estar en sus celdas. Compartían una caguama. Al respirar el aire fresco del patio, sentí que me desvanecía. Tomé un trago de cerveza largo, estaba caliente y tuvo el efecto de hacerme devolver lo poco que me quedaba en el estómago. Ver la mancha de mi propio vómito me deprimió profundamente. No me sentía capaz de seguir limpiando, había agotado mis fuerzas. Vargas se paró a asearlo rápidamente como si nada hubiera pasado. Luego se sentó a mi lado, rozándome el brazo.

La mano se deslizó por debajo de las sábanas y se pasó sobre mi vientre. El tacto era sedoso y firme, corría sobre mi piel con certeza, sin causar cosquillas, sino confort. Mis caderas sentían la mano y sentían a la mano sentir. Había conexión entre las pieles, entre las terminaciones nerviosas, algo sucedía al tocarnos que no era igual a tocar un objeto inerte o siquiera un animal. Era otro tipo de comunicación. La mano dio vueltas a mi ombligo y subió hacia mis pectorales. Resultaba que debajo de la grasa había músculo. La pérdida de peso que me ha ocurrido desde que ingresé al reclusorio me había vuelto firme. Mi cara perdió redondez y ahora tiene una expresión más severa. Sentí la caricia. La mano que seguía sobre mis pectorales iba de uno a otro, jugueteaba con los pezones, cada vez con más intensidad. Yo permanecía inmóvil. Quería que la mano se dirigiera hacia otra parte. Estaba dispuesto a esperar, a controlar mi deseo. Tomé una bocanada de aire frío que contrastaba con el aliento cálido que sentía sobre la nuca. Mi corazón latía. ¿Sentía la mano el pulsar de su sangre? Sí. La mano sentía y sentía.

Las esquinas del penal (y muchos de los internos) están decoradas por tres imágenes: la Guadalupana, san Judas Tadeo y la Santa Muerte. (Los internos con tatuajes, claro.) La afición de los mexicanos por la virgencita del Tepeyac es conocida por todos, pero yo no entendía la devoción a las otras dos imágenes. Indagué, y sobre Judas Tadeo, me dijeron que era el patrón de las causas perdidas.

Hay que acudir a él cuando todo está en contra tuya, cuando el pronóstico es el más deprimente, el cáncer avanzado, en el cerebro, el colon y sobre el pulmón, también en la espina dorsal; o cuando estás en el piso con cinco costillas rotas, los huevos cerca del esófago y tienes un profundo sangrado interno. Llega un momento en el que dejas de sentir, pero sigues viendo, y observas flotando desde arriba, allá en el horizonte, la causa perdida. La casa está embargada, las cuentas congeladas, la cartera vacía. Los que antes te han prestado y a quienes ahora les debes no quieren verte. Tienes tantos problemas, adicciones, reflujo y obesidad como para dar una apariencia de normalidad. Mientes porque no tienes el valor de ser tú mismo y nadie te cree. Estás solo. No duermes. Un camión de redilas se aproxima sin frenos hacia tu hijo de dos años, quien juega inocente en medio de la carretera. Secuestran a tu hermano y lo sueltan, pero termina en un psiquiátrico, o en tu casa, no habla, mira siempre al piso, sus manos tiemblan y le cuesta trabajo comer. Mataron a tus papás y hermanos, viste cómo violaban a tu hija. Perdiste el trabajo, los dientes, la memoria, no te acuerdas quién eres. Tu corazón se paró por unos minutos, el daño es irreversible, perdiste el movimiento. Perdiste la información de tu computadora, tu celular. Todo tu dinero se fue en apuestas. La cagaste. Te equivocaste. Te transaron. Te vieron la cara. Te la partieron. Te arrepientes de haber nacido y no puedes matarte, lo has intentado sin convicción. Además eres cobarde. No hay nada que hacer. Ni tú ni nadie puede hacer nada. Tu pronóstico es negativo, es terminal. Te dictaron sentencia.

Entonces acudes al Señor de las causas perdidas. Vas a su altar, le pones flores y velas, gastas en eso tu último centavo, tu última esperanza. Invocas su nombre, ruegas, prometes los hijos que no tienes, el amor de tu madre, hacer el camino a la Villa de rodillas. En ese momento de desesperación todo parece posible. En ese momento pones tu vida en las manos de Dios y sientes una enorme libertad, como si volaras. Todo lo que te aplasta, lo que te oprime, la bota mortal que asfixia tus arterias se desvanece por arte de magia.

SEGUNDA PARTE

MAGALI

Magali intentó que su día comenzara con normalidad. El sexo de la noche anterior le dio bríos. Hizo ejercicio en el Stairmaster. Llevó a Maggi a la clasecita de música y quedó de comer con sus amigas en Santa Fe. Siempre elegían un restaurante que estuviera de moda y reservaban una mesa grande. Mientras ellas comían los niños jugaban en el edificio de una de las amigas que estaba cerca y tenía grandes áreas comunes con instalaciones infantiles. Les gustaba ir muy arregladas y llamar la atención de los hombres de negocios. Si encontraban conocidos, sabían que sus esposos se enterarían. "Que te vio Pepe ayer", escucharles decir eso les daba un sentido de vida. Lo mejor era cuando se encontraban con algún galán que les mandaba una botella o aun pagaba la cuenta de la mesa. Quizás era casualidad, probablemente un acuerdo tácito, pero el grupo de los miércoles se distinguía por su belleza. Magali se preocupaba de qué ponerse, se cuidaba de que no la vieran dos veces con la misma ropa. Hablaron sobre la inseguridad. En Valle de Bravo, miembros de La Familia estaban haciendo llamadas por teléfono a algunos conocidos pidiendo dinero a cambio de protección. Hablaron de los colegios. Cada vez era más difícil entrar al Americano. Por los que habían admitido el año pasado se vislumbraba una preferencia por las familias más adineradas. Hablaron del divorcio de Mariana Enríquez, a quien el esposo encontró en la cama con una amiga. Lo peor era que Mariana había decidido, después de haber estado casada por diez años y tener tres hijos, que era lesbiana. Se había ido a vivir con su pareja, quien según decían provenía de una familia muy rica y le estaba pagando incluso la colegiatura a los niños. Cada una sabía de dos o tres divorcios nuevos, pero el elemento lésbico era novedad. Magali tomó dos tequilas durante la comida. Estaba a punto de pedir un tercero cuando Miguel la llamó.

—¿Qué pasó, amor?

Le encantaba presumir ante sus amigas de la buena relación con su esposo. Que la llamara durante el día ya era más de lo que muchas podían jactarse.

—Me trató de matar.

—¡Qué! Pérame un segundo.

Salió del restaurante.

—Mi hermano, güey. Se volvió loco. Fui a sacarlo, ya tenía todo arreglado. Trató de ahorcarme. Casi lo logra, además. Si no fuera por un policía…

—¿Qué? ¿Qué pasó? ¿Le dispararon? ¿Está bien?

—Sí, sí. Le dieron un bastonazo. Casi me mata, te digo. Me tenía agarrado, yo no podía respirar. Está loco. Te llamo al rato.

—¿Qué pasó? —le preguntaron cuando volvió a la mesa. Magali ya había ensayado su respuesta y domado su respiración.

—Asaltaron uno de sus tráileres y secuestraron al chofer.

—Ay, no. Qué horror.

—¿Qué va a hacer?

—Nada. Están con la policía y negociando el rescate, pero es horrible. Ya no se puede hacer nada en este país.

—No. Está cañón. Alberto me dijo que aprovechara para buscar casa en San Diego.

—Sí. Yo metí la solicitud en la escuela pública de Coronado.

Magali se enteró entonces de que la mitad de sus amigas tenían planes para irse a vivir a Estados Unidos. Y una casualmente a Costa Rica, porque el abuelo tenía una fábrica ahí.

El trayecto por una ciudad que era la de ella, pero donde jamás había estado. Calles y calles, casas y casas, casi dos horas de viaje sin salir de la ciudad, que acaso parecía volverse más densa. Hasta que llegaron a una especie de cerro con edificios bajos, puestos de tortas, fianzas, notarios, las paredes pintadas con las ofertas del negocio. Copias, enmicados, fianzas penales, servicios las veinticuatro horas. ¿Cómo no podían simplemente pagar y que saliera de ahí? Eran las nueve de la mañana, pero ella ya había llegado tarde. Tomó su lugar detrás de una larga fila de mujeres y se dispuso a esperar. Por instrucciones de Miguel había dejado todo en el coche, su bolso, su celular, su reloj. Abel llevaba un montón de monedas de diez pesos, más de doscientos pesos que iba repartiendo.

—¿Ya ha venido aquí?

—Sí.

Magali observaba a la señora delante de ella, cargada con tres bolsas de mercado y una niña. Entre la malla de nylon del morral podía observar cubos de plástico llenos de comida. Ropa. Quería saber a quién visitaba. Cuánto tiempo llevaba dentro. ¿Qué debía traerle ella a Jorge? ¿La señora también repartiría monedas como su chofer? La fila avanzaba lentamente.

—Quítese la ropa.

Magali ya había pasado dos puntos de revisión.

—Póngala en la silla.

Consideró irse, sin embargo hizo lo que le pedían las custodias. Se quitó los pantalones y la blusa hasta quedar en ropa interior. Entonces una custodia de pelo raso, vestida con un overol de camuflaje y botas militares, le tocó todo el cuerpo. Las nalgas, las chichis, hasta la vagina. Vejada, Magali se mantuvo casi sin respirar. Las otras dos custodias observaban, sus rostros no decían nada. Dejaron el cuarto para que se vistiera. Con el interior de sus muñecas, que aún olían a perfume, Magali se borró las lágrimas. No quería que Jorge la viera así. Tampoco quería darles a las guardias la satisfacción de verla humillada.

El pasillo desembocaba en un patio amplio, donde había mesas con bancas llenas de reclusos y sus familias. Magali había dado media docena de monedas. Cada tres metros alrededor del patio había custodios. De todos modos la sensación general era de caos y ruido, sintió que entraba a una enorme fiesta. Se sobresaltó al sentir una mano sobre su espalda. Era Jorge. Se abrazaron.

—¿Cómo estás?

Él le había preguntado a ella, como si sus papeles estuvieran invertidos.

—Bien.

—¿Y el hijo de puta de mi hermano?

Magali subió sus hombros a las orejas.

—Igual —contestó—. ¿Qué te puedo decir?

—¿Necesitas algo? —preguntó él.

Magali sonrió.

—¿Cómo crees? Más bien, ¿qué necesitas tú? ¿Qué puedo hacer por ti?

—Estoy bien —respondió Jorge—. Aquí tengo todo lo que necesito. Esta pobre gente, no sabes. No sabes lo que les han hecho.

—Pero tú también estás aquí injustamente. Deberías dejar que te ayudemos.

—Sí, Magali. Pero mira. Ése, ahí. Le dicen *El Largo*. No sabe cómo se llama. Ni cuántos años tiene. No recuerda a su mamá. Siempre fue *El Largo*. Sale en dos meses, le estamos ayudando a sacar acta de nacimiento y papeles. Ahorita está con un abogado que le conseguí yo. Se quiere llamar Jonathan Daniel. Y ése, el de la camisa naranja, es Miguel. Acaba de salir de la enfermería. Le rompieron el recto, ¿tú sabes lo que es eso? Cuando lo detuvieron tuvo la mala suerte de toparse con un sádico que le vio cara de puto. A más de la mitad de los que conozco les dieron una calentada.

—Pero si acabas de entrar. ¿Cómo conoces ya a tantos?

Jorge la miraba directamente a los ojos.

—Magali, cuando estás encerrado veinticuatro horas, el tiempo transcurre distinto. Llevo lo mismo aquí que el que ha estado veinte años. El encierro no conoce reloj. El tiempo sólo es relevante en función de la libertad.

—Jorge, pero tú eres un académico. Tu vida está en la universidad, con los alumnos.

—No, Magali. Estoy empezando a pensar que es aquí. Por algo pasan las cosas y éste es mi destino.

Magali empezó a llorar.

—¿Cómo está Maggi? ¿Cómo está mi sobrina? ¿Me trajiste fotos?

—Ah, sí.

Magali se sorbió los mocos, lamentando no tener un pañuelo. De la bolsa trasera del pantalón sacó un par de fotografías, que había hecho para el pasaporte de Maggi. En eso sonó una campana, la visita tenía que terminar. Le entregó las fotos a Jorge.

—Vuelvo la semana que entra —dijo.

—No tienes que hacerlo. Estoy bien —respondió Jorge.

—No, no. Seguro vengo. Aquí me verás.

Magali trató de contener las lágrimas al despedirse, pero no pudo. Al verla salir con los ojos rojos, las custodias le sonrieron. Ella bajó la cara.

En el trayecto a casa llovió tanto que su llanto parecía escaso.

Entró al cuarto. Llevaba una blusa de rayas rosadas y un pantalón blanco que milagrosamente contenía sus muslos y caderas. Estaba nerviosa, nunca había estado en un cuarto de hotel así. Se sorprendió de que nadie le preguntara adónde iba ni si estaba casada. Luis la esperaba dentro, sentado sobre la cama. Tenía la televisión encendida, con el volumen apagado.

—Perdón, se me hizo tarde.

Lo dijo por decir algo. No sabía qué hacer ni dónde sentarse.

—No te apures —contestó él con naturalidad.

Tomó el control de la tele y la apagó. Extendió su mano hacia ella para que se sentara a su lado.

—Por fin te tengo cerca, condenada.

Con sus dos manos le apretó los hombros y le dio un beso. Magali recordó el otro beso. Su primero, el que Luis le había dado en el día de su boda. Él se apartó de ella y la miró a los ojos. Sus ojos —verdes, con cejas y pestañas cerradas— eran tan distintos a los de Miguel. Sus labios gorditos, la barba que ya crecía. Magali se sentía intoxicada. Quería abrir las ventanas, salir de ahí. Tomar una copa. Encender un cigarro. Temía defraudarlo. Había llegado hasta la habitación del hotel porque él la deseaba y ahora quería que la siguiera deseando. Quería cumplirle. Satisfacerlo. Él la volvió a besar. Le agarró la nuca con su mano ancha, la acostó hacia atrás y se puso sobre ella. Magali cerró los ojos. No quería verlo. No quería pensar dónde estaba. Quería dejarse ir.

Que su cuerpo respondiera porque lo sentía. Notaba cómo se alzaba su pelvis. No había dos lenguas ni dos bocas, sino una. Él empezó a desabrocharle la blusa, pero Magali se sentó y lo hizo sola. Se había puesto un brasier que resaltaba su escote. Él se lo quería quitar, pero ella prefería dejarlo puesto. Le daban vergüenza sus pechos amorfos. Desde Maggi, estaban caídos y chupados. A veces sus pezones apuntaban a distintos sitios, como ojos bizcos. A Luis no parecía importarle. Entonces ella le quitó la camisa, descubriendo esa gran alfombra. Le sorprendió su suavidad. Eran pelos finísimos, suaves, sedosos, como un abrigo de piel. Él volvió a besarla y a chupar sus pechos. Siguieron así, retozando como adolescentes por un buen rato, ambos con los pantalones puestos.

—Espérame —dijo Luis.

Magali se sentó al borde de la cama. Él le indicó que se pusiera de pie y jaló la colcha para dejar sólo la sábana blanca. Empezó a quitarse el pantalón.

—¿Quieres?

Magali no sabía qué decir. Le había gustado el faje. Se sentía despeinada, como adolecente. Era muy distinto al sexo que tenía con Miguel: siempre igual, eficiente, al grano. Sentía su vagina pulsar. Y lo más increíble de todo es que a pesar de saberse gorda se sentía deseada, sexy, más que cualquier imagen de revista. Tenía este hombre al lado de ella que la quería tanto. Se lo había dicho varias veces. Y ahora agregaba: qué buena estás, acompañado de gemidos aprobatorios. Las palabras entraban en ella. Estaba dichosa, eufórica. Se desabrochó ella misma el pantalón.

—¿Ésas son las braguitas?

—Los choninos —contestó ella, riendo.

En el año que llevaban chateando, texteando y charlando, él no parecía olvidar una sola conversación o detalle que ella hubiera mencionado. La agarró de las caderas y la llevó hacia él. Su pene estaba casi erecto. Volvió a besarla y a tocarla durante largo rato, sin intentar penetrarla. Cuando finalmente lo hizo, Magali chorreaba. Mordió sus labios para no gritar. Arañó su espalda. Hasta un gruñido se le escapó. Tuvieron intermedios. Para tomar agua. Para verse. Reír. Tomar aire. Salían a la superficie, como niños jugando en una alberca en un día de verano, y se echaban clavados una y otra vez. Cada vez que él aceleraba el ritmo, Magali esperaba que se viniera y todo terminara. Pero él no parecía tener interés en eso, sino en ella. La volvía a tocar. Ahora con los dedos, ahora con la lengua. Ella lo imitaba, como si fuera su aprendiz. La puso de espaldas y la miró unos minutos. La memorizaba. Ella tomó su sexo en sus manos, no sabía bien qué hacer con él, así que lo acarició lentamente, como si fuera una mascota. Sonrió cuando vio que se inflaba de placer. No tuvieron un orgasmo telúrico y sincronizado. Fueron horas de pequeños temblores, dos grandes placas intentando organizarse. En algún momento quedaron rendidos, la cabeza de ella sobre el hombro de él. Su mano acariciando el pelaje de su amante. Húmedos de sudor. Magali notó sobre ella miles de pelitos negros. Luis le alcanzó una botella de agua, ella se dio cuenta de que moría de sed. Bebió casi el litro entero. Él fue hacia la tina, abrió el grifo y se puso a esperar. La acompañó mientras ella se bañaba, estaba sentado desnudo al borde de la tina; Magali se sentía tan cercana a él, tan cómoda. Pensó en su papá y sus hermanos, recordó su primera infancia, cuando era la niña consentida de todos, cuando celebraban sus ojos y sonrisas. Pensó en su hija y en su marido. Con ellos también tenía algo que no era esto.

Habían pasado las horas que normalmente dedicaba a comer con sus amigas en la cama con Luis. Regresó en taxi al centro comercial, donde la esperaba Abel, y fueron a recoger a su hija a casa de su amiga Jessica. El guarro parecía no haberse dado cuenta del estúpido truco que había ideado con Luis. Por si acaso, llevaba una bolsa con mercancías. Entre más sencillo, mejor, le había sugerido Luis. Así no te haces bolas que dónde estabas ni nada. El hambre que sentía era voraz, absoluta. Como si cada célula de su cuerpo pidiera ser alimentada. Pero podía esperar. Era un hambre precisa, exigente. Se dirigió al City Market, compró una caña de filete y champiñones, unas papitas para ponerlas al horno y un ramito de perejil. Al pasar por el pasillo de las harinas de hotcakes se decidió a hacer unos pastelitos de chocolate que alguna vez aprendió a cocinar. Una receta muy sencilla de mantequilla, azúcar, huevos y chocolate derretido. Su hija se sorprendió al verla en la cocina. Magali dejó que la ayudara, dándole unos champiñones y un cuchillo de plástico. Le explicó cómo había que derretirlo al baño maría y le permitió meter sus manitas cuando se entibió el chocolate. Maggi se fascinaba con su mamá en la cocina. Magali estaba sorprendida de sentirse tan segura de sí. Sabía qué hacer, hasta qué punto cocinar los champiñones y salarlos, sellar el filete para que quedara crujiente por fuera, sangrante y suave por dentro. Las muchachas también parecían asombradas. Habituadas a preparar simples ensaladas, quesadillas y huevos, ahora tuvieron que sacar la batidora Kitchen Aid que Magali recibió como regalo de bodas, y que utilizaban por primera vez. Limpiaron un platón de plata para carne que estaba guardado en una bodega bajo llave, que ni sabían que existía. Cuando Miguel llegó a la casa, Magali lo recibió con una copa de vino tinto y un beso en la boca. Tenía aún el delantal puesto. La carne y las papas estaban en su punto. Mejor que en cualquier restaurante. Se sirvieron dos veces. Cuando llegaron los ramequines, expandiendo el aroma a chocolate por toda la casa, bebían su segunda botella de vino: un López de Heredia, reserva, que Magali había encontrado en la alacena. Probablemente un regalo para Miguel.

Él le hablaba de sus negocios, pero Magali no ponía atención. Pensaba en el sexo que había tenido con Luis, en lo delicioso de la cena. Barriga llena, corazón contento. Cómo la había olvidado, una de las frases favoritas de su papá.

—Así podemos comprar una casa en San Diego —concluyó Miguel.

Magali entonces se interesó. Imaginó una casa como la de sus amigas, en un desarrollo cerrado, donde los vecinos compartían áreas comunes. Ahí jamás podría ver a Luis. Por eso los esposos de sus amigas las dejaban pasar un mes solas, sabiendo que estaban rodeadas de familia y de quienes las cuidaban. Así no corrían peligro.

—¿Por qué San Diego? Ahí ya tiene Mara y Paulina. Mejor Nueva York.

—¿Nueva York? Qué frío.

—¿Te imaginas pasear a Maggi en el Rockefeller Center? Que vea el árbol, las carrozas del parque, Saks, Barney's, Bergdorf. Mejor, ¿no?

—¿Vail?

Vail era la misma historia, un pueblito. Imposible ver a Luis ahí. Además del pueblo iban a Aspen, donde su suegros tenían casa.

—¿Tiene que ser Estados Unidos?

—Pensaba que sí. Por si aquí hay una crisis, vale la pena proteger nuestro dinero. Ponerlo en algo seguro.

—Nueva York —insitió Magali—. Sabes cómo me gusta. Además ahí hay buenísimos cirujanos.

—¿Sigues pensando en eso? Cuando terminemos nuestra familia vemos. ¿No se te hace raro que no te hayas embarazado ya? ¿Crees que convenga ir al médico?

—No. Vas a ver. Lo que pasa es que has estado muy ocupado.

Magali estaba acostumbrada a que Miguel la tomara cuando él quisiera, y ella permanecía pasiva. Pero esa noche fue ella la que comenzó a besarlo y a desvestirlo. Fue ella quien se colocó encima de él y enfocó su atención en lo que estaba sintiendo, sin preocuparse por meter la panza ni preocuparse de los pendientes del día siguiente.

Sin embargo, en el sueño que después le sobrevino, estaba embarazada. Se había convertido en una obesa inmóvil. Recordaba todo mal, pero le pareció que al menos en una parte ella era una ballena que nadaba en el mar. Las partes náuticas eran frescas y agradables. Una ballena entre las olas. Pero cuando estaba en tierra la barriga le pesaba, no podía ni caminar. Y lo peor era que durante todo el sueño sabía que el hijo era de Luis. Le tomó unos minutos despertar y darse cuenta de que no estaba embarazada, ni de Luis ni de nadie. Era el filete y el vino lo que le había provocado la pesadilla. La culpa, claro. ¿Cómo iba a hacer para seguir con Luis si Miguel quería un hijo?

—Miguel quiere tener otro hijo —le dijo a Luis otra tarde en el hotel. Se sentía tan cercana a él que le podía decir lo que fuera. Si le hubieran preguntado quién era Bárbara, Luis habría podido hablar media hora de una amiga de Magali a quien ni siquiera conocía. En cambio a Miguel todavía le costaba trabajo distinguir entre sus amigas.

—Tiene razón. Deberías.

—¿Y tú?

—No. Mis tres ya están grandes. Laura y yo tenemos la familia que queremos.

—No te preguntaba de tu familia, sino de mí.

—Reina.

—Qué.

—Ya lo hemos hablado muchas veces.

—¿Qué?

—No voy a dejar a Laura. Mi familia es sagrada.

—Sí, pero.

—Pero tú tienes tu esposo y una vida por delante. Entiendo que él quiera tener otro hijo.

—Yo no.

—¿Por qué?

Magali no pudo responder, aunque le daba gusto tener esta conversación. Quería decirle que era para estar con él, pero él respondería que sólo la veía una vez al mes. A veces, ni siquiera eso, porque muchas veces le cambiaban el vuelo o la cita. Quería decirle que no deseaba pasar tres meses vomitando. Que una de sus amigas estaba en cama. Que le daba miedo que el niño saliera mal. Que no quería engordar. Que no quería compartir a Maggi. Que Miguel nunca estaba. Que le daba miedo que algo fuera a pasar. Que con él sí lo haría. Que con él podía hablar. Que hicieran una casa juntos. Pero su respuesta tajante resonó en ella. Sabía que él casi no hablaba con su mujer. Se lo había dicho. Que casi no cogían porque a ella no le gustaba. ¿Lo resentiría Laura a él como ella a Miguel? Seguramente él era el extraño en su casa. ¿Miguel? ¿Sería posible que él tuviera alguien más también? Sintió celos hacia su esposo. Lo había imaginado siempre trabajando. Cuando tuviera oportunidad revisaría su celular.

Magali bajó a la cocina porque creyó escuchar la televisión. Era la hora en que le daban de cenar a Maggi y ya les había dicho cien veces que no le pusieran la tele cuando la niña cenaba. En la cocina tenían televisión abierta, a Magali no le gustaba que su hija viera los noticieros y las telenovelas. Ya había pensado que debía comprar un DVD para ponerle sus videos o pedirle a Miguel que extendiera el cable para que viera Baby TV. En su casa la tele estaba encendida todo el día; ella había aprendido a no prestarle atención. Pero en casa de Miguel la tenían muy controlada, y desde que lo conoció había compartido su desprecio por la televisión nacional. Ahora, cuando Magali veía a su hija absorta en alguna de las inevitables riñas y lagrimeos que mostraba la pantalla, se indignaba y pedía que la apagaran. Pero, como en tantas otras cosas, no le obedecían. Ahora Magali se dirigía a decretar una nueva amenaza: les quitaría la televisión si no hacían caso.

No podía asegurar que se hubiera reconocido entonces, pero el adelanto del noticiero le impactó lo suficiente como para olvidarse de todo y salir corriendo a Sanborns para comprar una grabadora. El chico de la tienda no la supo atender, no sabía cuáles grababan. Por suerte pudo hablar con Luis, quien la guió por todo el proceso. A las diez de la noche tenía la televisión encendida y todo listo para grabar el noticiero: ahí aparecía ella con una bolsa negra sobre la cabeza, Maggi con la cara digitalmente esfumada para proteger su identidad,

Rafaela, y aun Jorge. La toma duraba unos cuantos segundos. Después ya no eran ellos, sino dos mujeres de pelo teñido y un hombre de aspecto rudo. Eran, según la policía federal, una banda de secuestradores y traficantes de armas que acababan de ser aprehendidos mientras intentaban salir del país. Un duro golpe al crimen organizado, decía el noticiero. La banda era conocida como *Los Amarillos*, responsables del secuestro y asesinato de un importante industrial. Magali vio el video una y otra vez. Sin duda era ella. Pero su detención había ocurrido hace más de ocho meses. ¿Cómo podía ser? Miguel no contestaba sus llamadas, Magali se dispuso a esperarlo fumando en su habitación. Llegó cerca de las doce de la noche. Tal como Magali anticipaba, su "¡qué carajos!" se convirtió en silencio al ver la imagen pausada sobre la pantalla.

—¿Me ves? Yo me reconocí en seguida. He estado esperando a que el teléfono suene. Parece que ninguna de mis amigas se percató, con eso de que después me cambian el rostro.

—¿De qué hablas?

Magali oprimió *play* y el noticiero volvió a comenzar. Magali ya se lo sabía de memoria. Los ojos de Miguel parecían cambiar de tono, mientras computaba las posibilidades. Magali simplemente lo vio salir con su teléfono en la mano. No sabía qué hacer. La garganta le raspaba. Le quedaban dos Tafiles, que tenía escondidos en su alhajero del clóset. La llave estaba guardada, como le había aconsejado Miguel, en el bolsillo de uno de sus abrigos de lana. Abrió el cajón. Ahí guardaba las alhajas que usaba a diario. Lo demás, en la caja fuerte. Sacó el joyero de piel roja. En un compartimento a la derecha estaban las dos pastillas. Las apretó en su puño y se dirigió al baño por un vaso de agua para tomarlas. Si dudó en tomar las dos fue sólo por un instante, porque tenía bastante claro que lo único que deseaba era quedar profundamente dormida. Las pastillas no tardaron en surtir efecto. Durante unas horas durmió sin recordar nada. Cuando despertó, su recámara estaba oscura. Miguel dormía a su lado. Magali encendió su celular para ver la hora. Eran las cuatro de la mañana. Se iba a enfermar. Le dolía la garganta, sentía los ojos hinchados, tenía sed. Se sentó a un lado de la cama, con las rodillas al borde del pecho. Las abrazó y apoyó su frente sobre ellas. Voy a llorar como niña chiquita, sentada en las escaleras del recreo, pensó. Tomó aire. Se contuvo. Llevaba aún en su sangre nauseabunda algo del brío y espíritu de su padre. Se puso de pie. Tuvo que detenerse con la mano en la pared para no caerse. Estaba mareada como si hubiera bebido.

Mojó su cara en el lavabo del baño y se aplicó crema antiarrugas alrededor de los ojos. El espejo le devolvía una cara agotada y pálida. Abrió el cajón de maquillaje para poner orden a su rostro. De pronto se dio cuenta de que estaba perdiendo la oportunidad que tanto había buscado para revisar el celular de su esposo.

Sin hacer ruido, volvió a la habitación. Esperó a que sus ojos se habituaran a la oscuridad y pudo divisar la silueta del teléfono sobre la mesa de noche. Lo agarró y se fue al clóset. Cerró la puerta y se sentó sobre la alfombra con la luz apagada. Primero tendría que adivinar la contraseña. Eran cuatro dígitos. Puso algunos de los *pins* recientes que recordaba. Su fecha de nacimiento, el número de su casa, los últimos dígitos del teléfono. Cero, cero, cero, cero. Uno, uno, uno, uno. Números al azar. Maldecía cada tanto a su esposo. Simplemente quería saber a quién había llamado anoche. ¿Qué hacía su marido? ¿Con quién hablaba todo el día? Tenía derecho a saberlo. Desesperada, volvió a intentar: uno, dos, tres, cuatro. Abrazó otra vez sus rodillas y agachó la cabeza. Pensó en Luis, marcó las letras que correspondían a su nombre: cinco, ocho, cuatro, siete. Magg: seis, dos, cuatro, cuatro, y el teléfono finalmente se abrió.

Cuando Miguel entró al clóset y le arrancó el aparato de las manos, ella ya tenía la información que buscaba. Un nombre y una cara. Sólo faltaba el apellido. Lo que no sabía era qué hacer con la información. Por un lado se sentía liberada, ella no era culpable de nada con Luis. Su *affaire* no había sido más que una reacción a una intuición, se dijo en ese momento, intentando justificarse. No la podían acusar. Pensó en las consecuencias de confrontar a Miguel, quien se había marchado sin decir palabra. Ella no quería dejarlo. No si Luis no iba a dejar a Laura. No quería divorciarse. No quería saber nada de Lucía. Hubiera dado todo por borrarla. Escuchó a Maggi jugando con la sirvienta y volvió en sí. Había algo más que la inquietaba. Sentía la cabeza enlodada, lenta. Levantó la vista hacia su vestidor y vio el cajón de sus alhajas abierto, la llave sobre el cerrojo. Sacó la caja y la puso en el piso. No se había equivocado. Faltaban sus aretes de diamantes y el Cartier Santos de acero. Su primera reacción fue marcarle a Miguel. Él sabría encontrarlas, entrevistar al servicio, amenazarlos. ¿Había perdido a su protector? En eso sonó su celular. Era él.

—Tenemos que hablar.

—No.

Magali quería decirle que no había nada de qué hablar, pero no quería decírselo así.

—Sí —dijo después.

¿Cómo decirle que lo perdonaba?

—Sí, tenemos que hablar. Agarra tu pasaporte y el de Maggi. Paso por ti en diez minutos.

Quizás por los efectos secundarios del calmante o por los nervios del momento a Magali le costó trabajo seguir las explicaciones de Miguel. Iría en avión privado hasta Reynosa. Luego cruzarían la frontera en uno de los tráilers, sin pasar aduanas. No debía preocuparse, estaba todo seguro, le dijo otra vez. De McAllen volaría a Houston en vuelo comercial y haría conexión a Nueva York.

—Cuando llegues a Nueva York, vete al hotel que quieras. Si hay problema con las tarjetas, aquí tienes cash. Estas tarjetas son de cuentas ahí, puedes sacar dinero del cajero. Renta un departamento, cuanto antes. Yo me comunicaré contigo.

Le dio dos celulares y papeles. No tardaría. Le enviaría instrucciones. Todo iba a salir bien. Había repetido al menos ocho veces esa frase, lo cual causaba en Magali mayor ansiedad. Pero como tenía aún las medicinas en la sangre, la ansiedad no le llegaba al cerebro. Sus neurorreceptores estaban bloqueados. Magali se sentía como un lápiz chato, sin voluntad, incapaz siquiera de sentir. Sólo Maggi hablaba en su sillita:

—Abión, papi, abión.

—Miguel —dijo Magali de pronto—, las joyas de la caja fuerte. Que las lleven a casa de mi papá. Y faltan mis aretes de brillantes y el Cartier de acero que me regalaste.

—No te preocupes, mi amor.

—No —dijo ella.

—Sí —gritó Maggi, riendo—. Abión.

MIGUEL

Sentía el celular vibrar dentro de la bolsa del pantalón con las llamadas y correos que estaban entrando. Le costaba trabajo ignorarlos, pero es lo que había decidido hacer. No siempre podía estar disponible. No siempre quería. Ahorita estaba con su esposa. Su hija lo jalaba del brazo.

—Ven, Papi. Ven.

Lo llevó a su cuarto, donde le enseñó un dibujo que había hecho en el kinder. Era un borrego de algodón pegado con Resistol blanco. Miguel supuso que todos los niños habían hecho idénticos borregos. Quizás uno particularmente estúpido se había salido del óvalo.

—La escuela les enseña a ser borregos —le dijo a Magali.

Estaba sentado a la mesa con ella, quien aparentemente había cocinado.

—Maggi me ayudó con el postre.

—¿De veras tú lo hiciste?

—Sí.

¿Qué sucedía? Beso en la puerta, cena formal. ¿Había olvidado alguna fecha? Normalmente sus secretarias lo alertaban de antemano y él simplemente les decía qué comprar. Mándale unas flores de mil, ordenaba. Quizás su esposa se sentía desatendida y deseaba llamar la atención. "Prepara una cena romántica para reactivar tu relación", ése era el tipo de encabezados de las revistas que Magali leía. Decidió hablarle de sus negocios. Si ella entendía que estaba trabajando para su bienestar, para establecer a su familia y darle una plataforma firme, no se sentiría tan abandonada. Quería además que ella apreciara sus éxitos. Pronto tendrían dinero para comprar una casa en San Diego. Algo grande, lujoso, en un campo de golf. De hecho, ya tenían ese dinero y más, Miguel seguía metiéndolo al negocio, pero estaba llegando a un punto que crecía solo. Era mejor empezar a poner un poco del otro lado. La detención de Jorge lo había sacudido. No tenía intenciones de dejar de crecer, pero deseaba protegerse. Que no lo agarraran sin estar preparado. ¿Sería que Magali quería tener otro hijo? Desde que iban a soltar a Jorge no hacían el amor. Empezó a hacer cálculos.

—¿Cuántas veces has ido a ver a Jorge?

—No sé.

Magali le habló sin interés mientras raspaba el fondo del ramequín para alcanzar el último chocolate.

—Seis o siete.

—¿Ya no te han dado lata?

—No. Desde que hablaste con el director se cuadraron. Abel entra por un acceso especial, nos recibe un tipito y entramos en cinco minutos. Tu mamá podría ir.

Miguel le estaba pasando una mensualidad al director del penal, en una cuenta de su esposa en Bahamas. Con eso le pagaba protección a su hermano. Según tenía entendido eran los mismos presos quienes se encargaban de que nadie le hiciera daño.

—¿Tú crees que estaría bien que fuera a verlo?

—Pues es su mamá.

Tenía razón. Su mamá debía ir, pero cuando escuchaba de los labios de su esposa la más leve crítica a ella, se ponía sensible. Magali le hacía ver las carencias que él prefería obviar.

—¿Por qué no vas tú con ella?

Magali no tuvo ni qué contestar.

—Olvídalo, yo hablo con ella. Le voy a pedir a Abel que la lleve. No me imagino a Rosendo ahí.

El chofer de su mamá desde hace veinte años que no salía de Las Lomas. Sólo sabía ir del club al salón, al súper, a la florería y al panteón.

—Si ella quiere, yo la acompaño —dijo Magali finalmente.

Bien bajado ese balón, pensó Miguel. Ahora su esposa había despejado el balón a la cancha del oponente. Ella estaba disponible. Dependería de su mamá. Así se sentía Miguel entre ellas. Él era el campo de batalla, la cancha neutral donde sucedían sus encontrones. Ellas se disputaban el territorio que era él. Y definitivamente quería el hijo, pensó cuando Magali se le montó encima. Él también quería un hijo. Dos o tres, una gran familia como la de Magali, donde todos prosperaban. Excepto su suegra; ella era el ancho tronco que sostenía las ramas cada vez más pesadas. Cuando todo se fuera al carajo bajo las cenizas del volcán, ella iba a estar igual: echada en su sillón, viendo la tele, comiendo chocolates. Miguel intentaba distraerse para no venirse y darle un poco más de placer a su mujer, pero se aburrió y se vino. Saltó de la cama para revisar los mensajes de su teléfono. Hacía una hora que no los checaba.

—Patrón.

—¿Qué pasó?

Miguel volteó a ver quién estaba hablando. Acababa de revisar unos tráileres que llegaban de Tampico. Todo parecía estar en orden. Aníbal le señaló con un gesto que quería hablar con él en su oficina. Miguel inclinó la cabeza indicando que lo acompañara fuera. Dos guarros los escoltaban a cierta distancia.

—La están barriendo —dijo a manera de explicación.

Aníbal parecía no entender. Le dio gusto a Miguel la imprecisión del lenguaje. En realidad estaban barriendo su oficina para detectar micrófonos o dispositivos de vigilancia. Temía que alguien estuviera escuchando sus conversaciones. No quería advertirle a Aníbal sobre esto, pero aún no se habituaba a pensar dos veces antes de hablar. Por fortuna Aníbal no pareció reparar en lo que hablaba. No tenía por qué saber lo de los micrófonos ni que todo estaba encriptado. Simplemente recibiría nuevas instrucciones de cómo comunicarse con él. Acababa de contratar a un ingeniero de la Anáhuac, no confiaba en la empresa de argentinos que vendía la mayor parte del equipo de espionaje en México. Una de las ventajas de su negocio era que podía traer lo que quisiera de Estados Unidos, y Federico acababa de pasar una semana en una convención en Las Vegas comprando lo último. El chavo estaba feliz, qué manera de empezar un nuevo trabajo. Ahora tendría un director de inteligencia y tecnología.

Las prevenciones que había tomado él solo hasta ahora no bastaban. Aníbal era uno de los nuevos. Miguel decidió de manera arbitraria que toda la gente de antes era de confianza, y que lo ocurrido con su hermano tenía que haber salido de alguien que contrató después de empezar a trabajar con el Kuri. Alguien que sabía quién iba en el Cessna, que conocía además el negocio. Esperaba recibir un aviso, algo más que el puro susto. Una advertencia que le indicara lo que debía hacer o dejar de hacer. ¿Qué querían de él: una ruta, una plaza?

—¿A quién emputaste? —le había dicho Aguirre.

Y en un inglés que Miguel ni sospechaba, cual si fuera Al Pacino, siguió:

—*Follow the money.*

Follow the money, follow el puto *money.* Él no le estaba quitando dinero a nadie. Ésa era la belleza de su negocio: que él cobraba por un servicio. Él no tenía, no guardaba. A veces prestaba el servicio de almacenamiento, pero eso era parte de la logística. Él simplemente movía.

—¿A quién le quité el negocio? Mi general, ¿usted me dice? Porque yo, mis servicios, se los cobro a usted.

—¿A poco soy tu único cliente?

—No, mi general. Sabe bien que no. Usted mismo me ha mandado referencias.

—Quizás fue un error.

—Un error —repitió Miguel.

¿Cuál era el error, haberle referido clientes?

Después de esa conversación, por primera vez investigó a Aguirre. Debió haberlo hecho antes, pero reconocía que entonces no tenía la malicia, la experiencia, el modo. Simplemente no se le había ocurrido. Hasta que lo escuchó hablar inglés o cuando comenzaron sus dudas por lo de Jorge, hasta que el gusanito llegó a su destino. Ahora sabía que Aguirre en efecto sí era hijo de Echeverría. Un error. El hijo que había tenido con la sirvienta cuando él tenía apenas quince años. La familia hizo lo que se acostumbraba en esas situaciones: mandó a la muchacha al rancho de donde venía, en Morelos, y le pagaron los gastos al niño. Muy pronto destacó por su inteligencia y, a instancias del padre, lo llevaron a una escuela de hermanos maristas en México cuando cumplió los nueve años y Luis Echeverría era recién nombrado secretario del presidente del PRI. Se había casado un año antes con la señora María Esther, pero aún no nacía Luisito, Luis Vicente, su primer hijo oficial. Aguirre había sido el apellido del chofer de la casa, quien fue puesto como padre en el acta de nacimiento.

—A don Luis no lo veíamos mucho, pero siempre sabía que estaba cerca. Su mamá tenía un departamento al lado del mío. Por eso nos conocimos. Luego lo mandaron a estudiar a Estados Unidos, a una academia militar. Ya de vuelta a México ingresó a la UNAM. Lo de que fue su chofer es puro cuento, entró directito de secretario particular. Cuando a don Luis lo nombraron secretario de Gobernación, por ahí del cincuenta y ocho —le había dicho un informante.

Miguel no había puesto mucha atención, cuando el general Aguirre le había afirmado que *controlaba* La Merced. Sin embargo al decidir que quería saber más sobre él fue directo con don Ismael. Así como Aguirre no salía de su casa, don Ismael estaba siempre en el Café Equis en la calle Roldán. Era un hombre de unos ochenta años que, de tanto estar entre granos de café, comenzaba a asemejárseles. Era chaparro, moreno y fuerte. El papá de Miguel solía visitarlo. Nada sucede aquí sin que don Ismael se entere, le decía su padre. Cada mes le pasaba un cheque, siempre por la misma cantidad. De vez en cuando mandaba a Miguel que lo hiciera por él. No habría tenido más de quince años cuando lo conoció.

Con tantos años de conocerse habían logrado una cierta intimidad. Como el resto de los vecinos, había mandado una corona de flores cuando se murió su esposa. Conocía a sus dos hijos. Uno de ellos, Josué, manejaba a los muchachos de la Central de Abasto. Algunas veces le había referido cargadores. Miguel pensaba en esto mientras caminaba hacía el café. A su lado, Aníbal hablaba sobre los turnos de los choferes.

—Aníbal.

Miguel lo interrumpió de pronto.

—¿Sabes quién es Josué, el de la Central? Deberías hablar con él para los nuevos. Dile que vas de mi parte.

—¿Entonces sí?

—¿Entonces sí qué?

—¿Sí me autorizas los camiones?

—¿Los del PRI?

—Ajá.

—¿Con quién estás viendo eso?

—Maciel. Es el que lleva los sindicatos que todavía controlan, CROC, CTM y los trabajadores de unos estados. Son unos veinte mil que piensan movilizar.

—¿Y nosotros?

—Ponemos transporte —lo miró en silencio por un segundo—. Mi hermana quiere venderles alimentos.

—¿Cuánto es?

—¿Qué?

—¿Cuánto quiere cobrar?

Miguel ya estaba haciendo los cálculos. Veinte mil personas que iban a pasar tres meses asistiendo a mítines, llenando estadios, siguiendo candidatos, haciendo volanteo. Tres o cuatro días a la semana. Uno punto nueve millones de comidas a veinte pesos el lonche. La hermana se iba a meter cuatro millones de pesos.

—A treinta la comida —respondió Aníbal, y Miguel ajustó sus cálculos—. Es que trae refresco.

—Si no me decías, me iba a enterar igual.

—Ya sé, patrón.

—Me podrás hacer pendejo una vez, pero no todo el tiempo.

—Ya sé, patrón.

—¿Y no les vas a vender camisetas?

—Necesitamos recibos.

—¿Y quién va a poner y quitar los pendones?

—No había pensado en eso.

—Háblale a tu cuate y véndele todo lo que puedas. Que lo haga tu hermana, tu prima, me vale madres. Jurídico te saca las empresas y recibos que necesites. Me pasas un diez.

—Sí, patrón.

—Nada más un consejo ahora que vamos a ser socios: cobra todo por adelantado. A esos cabrones se les seca la marrana a cada rato y no tienes cómo cobrar. Ni un camión mío sale sin que esté pagado ida y vuelta, cabrón. Si a ti te quieren ver la cara, no es mi bronca.

—No, patrón.

—Y otra cosa.

Su caminata los había llevado casi a las puertas del Café Equis. Miguel pensó ir a saludar a don Ismael y de pasada presentarle a Aníbal.

—Tienen que saber que tú eres el jefe. Y tú, cabrón, tienes que saber que trabajas para mí. Hay más mole en esa olla que lonches y camisetas. Si yo logro arreglar algo grande, te cuadras. Con veinte mil no hacemos ni madres, pero con doscientos en elección federal ya le vamos rozando al sindicato. Me gusta cómo piensas. Hazte de gente.

—Patrón, hay un güey que me quiero traer.

—¿Y luego?

—Quiere una lana.

—¿Y crees que valga la pena?

—Sí.

—¿Y qué no tienes ahorros?

—Así, para traerlo, no.

—Tienes dos opciones: o le entro como inversionista o te presto dinero. Tú decides. Pídele una cita a Ceci conmigo el jueves, dile que ponga a uno de los contadores y a un abogado para que te explique. Si vas a ser empresario tienes que aprender las bases. Tienes buenas ideas, no hay que reinventar la rueda.

Estaban ya frente al café. Miguel decidió no presentarle a don Ismael. Era más prudente ver cómo avanzaba su socio antes de soltarle toda la rienda. Esa tarde mandó intervenir los teléfonos de la familia de Aníbal y pidió el saldo de todas sus cuentas. Quería enterarse exactamente cuántos lonches vendía.

—Hace mucho que no veo a mis amigos, ¿verdad, Juan?

—Sí, patrón.

Miguel a veces se preguntaba si todo el cariño y aprecio que le tenía a Juan era bien merecido. Pensaba en el general Aguirre y en cómo éste había pasado de ser chofer a jefe. Aunque luego don Ismael le contara que llegó directo a secretario particular, y que además era hijo de la sirvienta, Miguel seguía manteniendo abiertas ambas posibilidades. Al fin y al cabo no tenía forma de saber cuál historia era cierta. Había intentado sin éxito preguntárselo al mismo Aguirre. Era impresionante cómo sólo por el poder, en silencio, un hombre podía dirigir una conversación. Era impenetrable. Miguel había fantaseado con la idea de hacerle una pregunta personal, pero un escudo emanaba de su aura. Su persona era tan potente que Miguel no pudo ni formular la pregunta en su cabeza una vez que estuvo en su presencia, qué decir emitir algún sonido. Ahora veía a sus amigos y con ellos quería probar su nuevo poder. Quería experimentar si en el momento actual, cuando tenía a más de mil personas trabajando para él y cuentas rebosantes en el extranjero, sus amigos le tendrían mayor respeto. Su auto nuevo, un A8, tenía pantallas que se subían para tapar el sol y alejar a los fisgones. Funcionaba como un polarizado automático.

Había sido cuando empezó la secundaria, quizás un año antes, que se empezó a usar el adjetivo *narco* para describir ciertos objetos. Una sutil variación del *naco*, que venían utilizando desde la niñez y que había sustituido al *pelado* que decían sus papás. Usar anteojos oscuros en interiores cambió de ser naco a narco. Los vidrios polarizados, el traje de terlenca con bota vaquera, las hebillas, hombres con anillos, cadenas de oro, autos con placas de Estados Unidos, casas con columnas dóricas. El naco había sido alguien de otra clase social cuyo comportamiento no se ajustaba a las normas: no saludar podía ser de nacos. Alguien no educado podía ser un naco. Narco era otra cosa, era la frontera, el acento norteño, el ostento, el narco sostenía la mirada, daba miedo, tenía poder, controlaba. Tardó décadas en entrar al lenguaje nacional, en volverse el adjetivo del país, del narco-México. Ahora, sentado dentro de su Audi de diseño alemán impecable, elegante, con sus pantallas eléctricas, se preguntaba si se había convertido en el último narco, en un *nouvelle* narco, en ese momento en donde el crimen alcanza el poder económico, si no era ya un mafioso, un capo o un operador político. En algún momento de su vida, los poderes legítimos: el gobierno, los partidos, la Iglesia y las empresas se integraron con el ilegítimo: traficantes de drogas, personas, lavado de dinero, mafias sindicales, hasta el grado de que era imposible distinguir. En esta tierra fértil el mestizaje había sido perfecto. Ya no había blanco y negro, todos eran morenos, se habían incorporado a los mecanismos para mantener y ejercer el poder. Estaba a un par de kilómetros del restaurante, pero era viernes de quincena y no avanzaban.

—Cierra las ventanas.

Juan lo volteó a ver desde el espejo retrovisor. Todas las ventanas estaban cerradas y el aire acondicionado prendido.

—Digo, pantallas.

Juan oprimió un botón a su izquierda y todos los vidrios quedaron cubiertos de una fina malla de kevlar.

—¿Conseguiste lo que te encargué?

Juan le pasó una bolsita ziplock con cuatro gramos de cocaína. Era viernes y se dirigía a comer con sus amigos. Se la tenía bien ganada.

—¿Es de *El Benny*?

—No, patrón. Fui, pero no estaba.

—¿Entonces?

—De un conocido mío.

—De fiar, supongo.

—Sí, patrón.

¿Quién era ahora de fiar? Tenía confianza suficiente en Juan para mandarlo con *El Benny*, pero dudaba de su conocido. ¿Por qué si siempre, desde chamaco, le había sacado la droga a los choferes? Azrael, el de Antonio, y Fidencio, el de Arturo, les proveyeron sus primeros churros, pases, tachas; y a algunos hasta viejas. Abrió el paquete y probó un poco del polvo con el dedo meñique. Sintió cómo los vasos capilares de la punta de su lengua se contrajeron y esparcieron deliciosas señales electroquímicas a su cerebro. Sí. Era de la buena.

Avanzaban despacio. Sobre la pantalla de su iPad separó unas líneas con una de sus tarjetas de crédito. Metió un billete de veinte enrollado en su fosa derecha. Justo cuando se disponía a inhalar, el coche frenó abruptamente. Se encajó el billete en la nariz. Gritó de dolor y sorpresa, pero logró mantener el iPad en equilibrio. Sólo se habían desordenado las rayas.

—Cuidado, cabrón —regañó finalmente a Juan cuando se recuperó.

Trazó nuevas rayas y las inhaló, esta vez sin contratiempos. De inmediato sintió el efecto. Anticipaba que cuando viera a sus amigos pediría un tequila con bandera y una Negra Modelo de *chaser*. Con su puño izquierdo —admirando de paso sus nuevas mancuernas Tane de oro puro— se frotó la nariz para asegurarse de que no quedaran rastros del polvo. Todavía le dolía el lugar donde se había metido el billete, bastante filoso. ¿Habrá sido apropósito el frenazo? Hacía un par de meses que no se veía con sus amigos. En la puerta del restaurante, una vieja casona en la colonia Roma, buscó señas de ellos. Vio muchas camionetas y guaruras en la puerta, pero no reconoció los de sus amigos.

No había estado aún en este restaurante, aunque sabía que estaba de moda. Le sorprendió el pasillo estrecho de la entrada y que la señorita que lo llevó a la mesa no fuera particularmente atractiva.

Su grupo ya estaba sentado en lo que habría sido el patio interior de la casona. La única silla que quedaba daba la espalda a la entrada. A Miguel no le gustaba eso: tenía la sensación de que alguien podía sorprenderlo. ¿Por qué le habían dejado ese sitio? Tenían que saber que era el peor. Revisó sus caras uno a uno, mientras le pedía al mesero su bebida. Sentía la coca por sus venas y sabía que en unos minutos descendería amargamente por su garganta. Era mejor tener una bebida cerca. Escudriñó a sus amigos. En un relámpago toda su historia en común, los años de colegio, los viajes, sus respectivas casas, ranchos y familias aparecieron delante suyo con una claridad inusitada: el pelo que le salía de la nariz a Arturo; la corbata con ridículos perritos de Iñaki; la argolla de casado de Fernando y el chisme reciente que le había llegado de que su esposa se estaba acostando con un profesor de la Ibero; el rancho con los caballos pura sangre y los toros de lidia de Manolo, la cripta de su familia en el Panteón Español, donde hace unos años habían enterrado a su abuelo. Recordó las riñas por la herencia entre los hermanos y su interés por preguntarle si ya habían vendido el edificio que tenían sobre Insurgentes que podría serle útil. Notó que Antonio había engordado y se había injertado pelo. Santiago, sentado a su lado, vestido de jeans y con piocha, era el único soltero del grupo y no tenía profesión fija. ¿En qué andaría ahora? Había pasado de actor a cineasta a galerista a organizador de eventos. Más de una vez había alquilado la casa de sus abuelos, una finca antigua en San Ángel, como locación de telenovelas. Miguel recordó una divertida fiesta que organizó ahí, donde acabaron todos en las trajineras de Xochimilco.

—Cómo los quiero, cabrones —dijo, levantando su tequila para brindar.

Todos alzaron su copa.

—Ahora muévanse para allá. Ya saben que no me gusta dar la espalda a la puerta.

Sus amigos se miraron entre sí, evaluando quién se iba a parar.

—Ya, no seas vieja —le respondió Santiago, nada más para calarlo.

—Y tú ya no seas puto, cabrón. A ver a quién le haces cosquillitas con tu piochita.

Miguel levantó su silla y la cargó hacia el otro lado de la mesa, haciendo que todos se corrieran un poco, pero sin que nadie perdiera su lugar. Había muchas formas de ejercer un liderazgo, pensó, una vez sentado en el puesto principal, que dominaba la vista del restaurante. Distinguió un par de políticos, a quienes levantó la ceja en un saludo mutuo. Los pasaría a abrazar cuando tuviera que ir al baño.

—Qué hay bueno aquí —preguntó a Antonio, el más gourmet de todos.

—Ya pedimos una botanita. Tienen unos callos que traen de Baja, buenísimos. Las pastas son todas excelentes y el risotto.

—¿No has venido? —dijo Santiago.

Miguel no supo si era simple curiosidad o ganas de chingarlo. Antes de que siguiera, le contestó:

—No, cabrón. Unos sí tenemos que trabajar.

El mesero colocó en el centro de la mesa los platos de las entradas. Aunque Miguel no tenía demasiada hambre, pudo apreciar que estaban muy bien. Probó unas habitas con jamón con un gusto que sólo había probado en Madrid. La conversación y el vino fluyeron. Como era su costumbre, Miguel controló cuánto bebía intercalando tequilas con agua mineral. A la hora del café encendió un puro. Comenzaron a contar chistes y él empezó a aburrirse. En eso vio un mensaje de Aníbal, que estaba con otros de la oficina en una cantina cercana. Dejó dinero en efectivo, se despidió de sus amigos, y salió. Buscó a Juan. Había más de una docena de guaruras y choferes aglutinados en la puerta, pero el suyo no estaba entre ellos. En eso salió Eugenio Montes de Oca, un diputado de la Asamblea que conocía de algunas borracheras por amigos en común. No recordaba bien de quién, pero era compadre de uno de sus compadres. Le dio un efusivo abrazo.

—¿Adónde vas? —preguntó Eugenio—. Supe que andabas ayudándonos con la campaña. Yo te llevo, hombre.

Miguel buscó a Juan otra vez. Como no lo vio se subió a la Suburban negra con escudo del Gobierno del Distrito Federal. Al fin el bar estaba a un par de cuadras y le sirvió para enterarse en qué andaba el diputado. Siempre encontraban buenos negocios. Supo, por ejemplo, que éste tenía acceso a la dirección de transporte público del Distrito Federal. Actualizaban las rutas de microbús por metrobuses y necesitaban empresarios capaces de invertir y participar en los concursos de las rutas que estaban realizando periódicamente. A Miguel, sin embargo, le urgía llegar a la cantina para meterse una línea y también ir al baño, el problema de beber tanta agua mineral.

—Acompáñame, cabrón. Tómate una copa y te presento a mi equipo —propuso al llegar—. Son puros cuates de la chamba. Mi socio y directores.

—Tengo otro compromiso, pero muchas gracias. ¿Por qué no comemos uno de estos días y te doy los detalles?

—Cómo no. Yo te busco en la semana. ¿Seguro no quieres un whisquito para el camino?

Siete veces Eugenio le manoteó la espalda. Miguel las contó porque estaba desesperado por irse. Deseaba pasar directamente al baño sin saludar, pero le fue imposible. Sobre la mesa había una botella de Herradura y otra de Chivas, más envases de Tehuacán y una gran cantidad de vasos medio vacíos. Estaban ahí Aníbal y Mateo du Coin, dos abogados y uno de los contadores. Esta vez, sí, había una silla vacía en la cabecera de la mesa.

—Siéntate, patrón —le dijo José Manuel, uno de los abogados. Le decían *El Manny* por *mañioso*.

—Ahorita vengo.

Miguel echó un vistazo al pasillo del baño a manera de explicación. Una vez ahí, sacó su bolsita de coca. Con la esquina de otra tarjeta de crédito extrajo una pequeña cantidad y la inhaló. El polvo llegó directamente a la cortada que el billete le hizo dentro de su fosa nasal cuando Juan había frenado. Lo maldijo. Se propuso llamar para indicarle que había cambiado de lugar, pero cuando guardó la coca y sacó su teléfono recordó que debía anotar un mensaje para buscar a Montes de Oca y olvidó marcar a Juan. Regresó a la mesa y le contó a sus empleados lo que Eugenio venía de decirle. El gobierno del DF quería terminar con las peseras y microbuseros para concesionar rutas a empresas de transporte que eran garantizadas y protegidas por el gobierno. El mismo gobierno tenía ya el negocio de poner los módulos de las paradas y controlaba el monopolio del mobiliario urbano. Ahí, al *Manny* se le ocurrió que si lograban tener información sobre dónde iban a localizarse las paradas, podían sacar contratos de renta a largo plazo a los negocios que tuvieran enfrente. Con ofrecer un poco más era relativamente sencillo echar a cualquier locatario, y con contratos de largo plazo tomaban posesión de buenos pedazos de la ciudad. Miguel dijo que le conseguiría los datos y que, incluso, debía buscar los mejores locales para comprarlos. Esto, y la posibilidad de entrar al transporte público, entusiasmó a Miguel. Aníbal y Mateo parecían saber bastante de las concesiones. Ambos habían considerado el negocio en distintas ocasiones. La placa para operar y la unidad eran la única barrera de entrada. Una vez sorteadas las camionetas se rentaban a los choferes y se les pedían quinientos pesos por turno. Miguel hizo cálculos y no vio cómo podía ser rentable.

—Hay veintiocho mil unidades circulando —informó Mateo—. El gobierno te da un crédito de cien mil pesos para comprar el metrobús a cambio de las peseras viejas. El chiste es encontrar a aquellos que son choferes propietarios y comprarles su unidad. Ellos están acostumbrados a sus mil pesos diarios, entonces es difícil. Tiene que haber forma de darle la vuelta para que salga.

Miguel se dio cuenta de que estaba muy acelerado y comenzó a beber un poco más. Ya sabía adónde conducía eso. En una hora alguien sugeriría ir a un antro. Irían primero a un bar de moda, con música fuerte, simplemente como rutina para acelerarse un poco más y pretender normalidad, querer ligar a chicas normales. A veces sí platicaban con alguna y los más ligadores, Aníbal y *El Manny*, en ocasiones se quedaban con las chicas que conocían o que eran amigas de ellos. Luego salían con ellas por un par de semanas. En cambio él, Mateo y los demás iban a un *table*, a pesar de que a él no le gustaban. No era por prurito ni moralidad, y como varias veces había tenido que dar explicaciones, tenía que aclarar que tampoco era porque no le gustaran las viejas. Había unas verdaderamente hermosas. Pero a él lo que le gustaba de las mujeres eran los ojos, y prefería aquellos que pudieran ser de una mujer a la que podría conferirle virtudes: ojos sinceros, honestos, alegres. No abundaban en los *tables*. El problema es que en ese sentido no le gustaba pagar. Cómo le sacaban lana. Consideraba que ese negocio estaba por debajo de sí mismo. Sólo iba porque no le quedaba de otra. Ya enfiestado, le costaba trabajo dormir. No podía llegar a su casa a hacer desmadre. Tenía que entrar en silencio, sin despertar a Maggi o a Magali, y dormirse de inmediato. Era mejor estar un poco borracho para lograr eso. Tenía demasiadas preocupaciones que lo podían dejar despierto la noche entera. Magali y el director del penal le pasaban información escalofriante: que Jorge se sentía una especie de Mesías, que pretendía ayudar a los desprotegidos, que estaba dando clases y participando como defensor en algunos procesos.

—¿No se revoca la cédula?

—No es necesaria. Los asesora para su proceso, simplemente. Todos tienen derecho a una defensa propia —le contestó el director.

En aquella primera comida con Mateo du Coin, hacía más de un año, le mencionó a Aníbal como un abogado cualquiera. Incluso recordaba que lo había hecho con desprecio. Miguel lo entrevistó y contrató para su empresa. Ahora le sorprendía que Mateo, tan refinadito, y Aníbal supuestamente un pinche naco, hubieran hecho tan buena mancuerna desde que empezaron a trabajar juntos para él. Quizás era porque ahora sus intereses económicos estaban alineados. Quizás se conocían de antes y simplemente lo estaban utilizando.

¿Para qué? El dinero que le generaban era impresionante. Decidió beber whisky en vez de tequila. Eso ayudaría a calmarlo. Mientras se servía un jaibol bien cargado, la idea de que en realidad Mateo y Aníbal no lo necesitaban para hacer negocio, excepto en la inversión inicial, comenzó a esbozarse en su cabeza. Seguramente tampoco lo necesitaban para eso, pues podrían haber conseguido otros inversionistas. Pronto perdió el hilo de sus ideas y, en silencio, se dedicó a observarlos. Cuando sintió que había bebido lo suficiente, se paró de la mesa y, masticando un poco las palabras, balbuceó:

—¿Quién de ustedes, hijos de puta, me lleva a mi casa?

El Manny se paró de inmediato y lo condujo él mismo hasta su Mercedes deportivo.

—Bájale. Bájale, cabrón.

Miguel tuvo que pedírselo varias veces. *Manny* conducía desbordado. Cada vez que Miguel se lo decía, se controlaba por unos segundos, pero minutos después aceleraba. Las calles estaban vacías. *El Manny* ni siquiera frenaba en los semáforos rojos para ver si venía alguien más. Miguel estaba furioso. Decidió que no volvería a tratar con él. Estaba despedido. Aunque él no actuaba por impulso. Se esperaría para hacerlo bien, impecablemente bien. Conocía al menos media docena de personas que habían perdido la vida en accidentes de coche: dos en la carretera de Acapulco, dos en la de Valle, uno en Tecamachalco. Perdido la vida, así decían, como si la vida fuera un objeto que se extraviara de pronto. A ésos los tenía bien presentes. Luego recordó otros de la generación de Jorge; se habían matado cinco una noche. Si hacía memoria podía recordar varios más. La hermana de Fernando, para no ir más lejos. Pero el accidente que más le conmovía había ocurrido hace más de veinte años. Les acababan de dar coches a él y a sus amigos. Guillermo tenía un Jetta color blanco. Regresaban del Bandasha y bajaban por Reforma a toda velocidad. Decidieron ir al Charco de las Ranas en Prado Norte, aún no se convertía en el Lago de los Cisnes. Todos habían bebido. Guillermo manejaba. Iba rápido. No tan rápido como para matar a alguien. ¿O sí? Nunca lo sabría.

Llevaba suficiente velocidad y no pudo frenar cuando algo, alguien se atravesó en su camino. Un vagabundo. Un borracho. Un jardinero rumbo a su trabajo. Comenzaba a amanecer. Le pegaron de frente. Escucharon un golpe en el techo, sobre sus cabezas. Los que estaban en el asiento trasero alcanzaron a distinguir un bulto. Guillermo no se detuvo hasta estacionarse frente a la taquería. Nadie osaba hablar sobre lo que había ocurrido. Por unos minutos hicieron como si nada. Ordenaron sus tacos al pastor y de costilla, sus aguas de Jamaica y de horchata. Finalmente él abrió la boca:

—¿Creen que lo matamos?

—Cállate, güey.

Guillermo lo silenció.

—No creo —contestó Fernando.

Luego añadió en voz baja:

—Pinche ojete.

Aunque no esperaba encontrar la noticia, Miguel buscó a la mañana siguiente información en la nota roja del periódico. Nadie habló más del tema. Creyó que era porque cargaban esa muerte sobre sus conciencias. Años después, en una borrachera en el rancho de Iñigo, él volvió a mencionar el incidente.

—¿Qué te tomaste, güey?

—Estás loco.

—Yo no me acuerdo.

—No mames, cabrón. Alucinaste.

—¿No se acuerdan? —preguntó todavía—. Íbamos en el Jetta de Guillermo a comer tacos. Veníamos del Bandasha.

—Güey, yo nunca tuve un Jetta —dijo Guillermo.

—¿Por qué iríamos por tacos si afuera estaban los hotdogs?

—No mames.

La memoria colectiva parecía borrada, pero él lo recordaba claramente. Ahora, en el coche con *El Manny*, no había sido tanto el miedo de chocar lo que lo había desesperado. Aunque iban tan rápido que le costaba trabajo contar los faroles que alumbraban la calle como solía hacer cuando estaba estresado, lo que le daba miedo era que se les cruzara alguien. A cada intersección Miguel volvía a escuchar el golpe sobre el techo y volteaba para cerciorarse de que no hubieran dejado un bulto detrás. Llegó a su casa más agitado que nunca. El nuevo elemento que hacía guardia en la entrada lo saludó. Se dio cuenta de que no le gustaba tener desconocidos en su casa. Había revisado personalmente las referencias de los nuevos hombres de seguridad. Eran ocho en total más un turno extra en su oficina. Otro en su casa, otro más con su mamá —contra las protestas de ella— y ahora no recordaba cuál era el que lo saludaba poniéndose la mano en la frente, como si fuera militar. Tendría que revisar toda la estrategia que había implementado en los últimos meses. Investigar a Mateo y a Aníbal. Echar al *Manny*. Acabarlo por completo, al imbécil. La cabeza le daba vueltas. Le costaba trabajo respirar. Se dirigió a la cocina por un vaso de agua. Al abrir el refrigerador creyó ver dentro una cabeza de cerdo. Una advertencia. Cerró la puerta de inmediato y se apoyó sobre el mostrador de la cocina para no desplomarse. No podía respirar. Se ahogaba. Amaneció dormido sobre un sillón de la sala, completamente vestido con saco, corbata, zapatos. Lentamente y con trabajo fue reconstruyendo la noche. Tomó un profundo respiro. Le dolían los pulmones. Se frotó la nariz, temiendo que le saliera sangre. Una vena pulsaba sobre su frente. Sentía también la esquina de un ojo palpitar. Aun así, se armó de valor. Triunfaría. Abrió la puerta del refrigerador: en el estante donde creyó haber visto la cabeza había una rosca de gelatina brillante, roja. En un solo movimiento sacó el plato, puso la mano entera debajo del platón y con todas sus fuerzas lo estrelló contra la pared. Algunos trozos de gelatina quedaron pegados al muro y se escurrieron lentamente.

Cuando por fin subió a la recámara, Magali le hablaba desde el baño.

—¿Dónde estabas?

—Aquí —contestó Miguel sin aliento.

Magali se miraba en el espejo del baño. Giró sus ojos incrédula.

—Me vale madres.

Miguel se desplomó sobre la cama.

—Pues a mí más.

Entonces Magali salió de la habitación hacia el Stairmaster.

Miguel se bañó y se cambió de ropa sin perder tiempo. Quería salir de su casa antes de volver a confrontarse con su mujer. En el garaje vio a Juan limpiando el auto con una franela roja.

—¿Dónde andabas ayer?

—En el restaurante, patrón. Me quedé esperándolo. Le llamé varias veces.

—No mientas, cabrón. Salí a buscarte.

—Ahí estuve hasta la una de la mañana. Hasta que vine a la casa a dejar el coche. Creí que se había ido con algún amigo.

—Sí, cabrón. Pero salí a las seis y tú no estabas.

—Ahí estaba, en la esquina —insistió Juan.

Miguel explotó. Le dijo que se fuera a su casa, que ya no podía confiar en él. Y cuando Juan se atrevió a pedirle lo que le quedaba de salario, lo mandó a la verga.

¿Cómo llegaría a su oficina ahora? Le dolía la cabeza y quería hacer tantas llamadas telefónicas que no podía conducir él mismo. Subió a ver a Magali para preguntarte si podía usar a Ignacio. Revisó su celular, y sí, ahí estaban las llamadas perdidas de Juan, pero eso ya no tenía remedio. Magali escalaba peldaños con música a todo volumen y transpiraba. No lo veía. No lo escuchaba. Miguel tuvo que apagar la música primero. Ella volteó su nuca sudorosa con una mirada de odio que sacudió el interior de sus sienes cansadas.

—¿Qué? —le espetó ella.

Miguel estaba desconcertado.

—¿Me puedo llevar a Ignacio? —inquirió con rapidez.

—¿Por?

—Porque sí —contestó él, aguantándole la mirada—. Quita esa cara de jeta.

Con la sangre palpitando en la frente, Miguel bajó las escaleras de dos en dos. Ignacio estaba parado junto a la camioneta de su mujer, fumando un cigarro. Al encontrar la mirada de Miguel de inmediato tiró el cigarro al piso y aplastó la colilla con su zapato. Miguel caminó hacia él hasta ponérsele tan cerca que obligó al chofer a dar un paso hacia atrás. Mirando la colilla sobre el piso de adoquín le escupió encima, ahogándola en saliva.

—Qué esperas, cabrón. Tira esa basura de aquí y lávate bien, que me vas a llevar a mi oficina y no quiero oler ni un rastro de cigarro. Que sea la última vez que te veo fumar.

Abrió la puerta de su coche y sacó el periódico. Regresó a la cocina por un café mientras esperaba al chofer. Se sentía ligeramente mejor. Leyó los encabezados del periódico: "Captura de un grupo de secuestradores", "Motín en la cárcel de Chiapas deja cuatro muertos", "Un profesor de la universidad herido por carta-bomba". Bebió el café de un sorbo y decidió que ya le había dado suficiente tiempo al chofer para limpiarse. Afortunadamente lo esperaba con el auto encendido, listo para partir. Miguel no podía decidir si esto le irritaba o le agradaba. Hubiera preferido que el chofer lo esperara de pie para abrirle la puerta, quizá era una señal de cobardía para evitar su mirada. O, al contrario, quería darle seriedad a su prisa. Una vez en el auto, se dio cuenta de que no podía hablar por teléfono porque no deseaba ser escuchado. Ignacio y Abel debían ser de confianza. Pero ahora Miguel caía en la cuenta de que este chofer no estaba en su lista de vigilancia, que no había mandado intervenir sus líneas y que no estaba al tanto de sus conversaciones. Ni siquiera había hecho el *due dilligence* de corroborar sus datos, de enviar a alguien a ver sus residencias. Simplemente le había tomado la palabra a Édgar. En aquel entonces eso había sido suficiente, pero ¿ahora? Cuánto habían cambiado las cosas. Édgar ya era dueño de una de las empresas más grandes de seguridad y él le transportaba casi todas las armas antes incluso de que él les sacara el permiso. Ya sabía que Édgar y Daniel Kuri eran socios y que también trabajaban bajo la estructura del general Aguirre, que —hijo o no de Echeverría— seguía controlando desde una mansión rococó en Tijuana el flujo de contrabando a la ciudad de México. Ignacio y Abel le pasaban informes semanales a él sobre los andares de su mujer, los cuales variaban tan poco que Miguel pronto los leyó someramente: casa de sus papás, casa de sus suegros, clase de música, restaurante con las amigas, casa de Paty, casa de Sofía, Antara, súper. La rutina de su mujer no cambiaba, pero esa cara de odio hacia él era nueva. Dos ideas chocaron de pronto en su cabeza como jugadores de futbol en busca fallida de un balón al aire. ¿Cuál era la relación entre el odio de Magali y su extraña incursión en la cocina? ¿Era su deseo de tener otro hijo? ¿Su infertilidad? ¿Y si Abel e Ignacio no estaban ahí para vigilar a Magali, como él creía, sino enviados y pagados por Édgar para vigilarlo a él? ¿Si todo había sido una estrategia planeada y ejecutada por Édgar? Ahora que esbozaba sus planes para deshacerse del *Manny* se dio cuenta de que él sería capaz de algo así, pero no Édgar. ¿Por qué él sí y Édgar no?

Hizo una lista mental de asuntos pendientes: incluir a Abel e Ignacio en el sistema de vigilancia, revisar sus activos y comprobar si coinciden con su sueldo, poner más atención a Magali. *Manny, Manny, Manny*, te va a llevar la chingada.

La piel curtida de un hombre en ascenso. Miguel había escuchado alguna vez esa expresión, quizás utilizada en forma de desprecio, quizás de boca de su padre, comentando el éxito de algún amigo, implicando que el éxito no llega fácil, que curte la piel, que se necesita un cierto grado de armadura, insensibilidad. Él pensó en el transbordador Columbia, los mosaicos que lo protegían al cruzar la atmósfera, pero el peligro real no era al ascenso, sino al aterrizaje.

Si bien la piel gruesa era necesaria para el ascenso más aún lo sería para el desplome. Y todo lo que subía tenía que bajar. Sin excepción, en todos los equipos deportivos en los que había estado en su vida —y eran más de veinte— entre la escuela, la universidad, futbol rápido y de salón, cuando iban ganando, todos eran amigos. El defensa daba el pase exacto al mediocampista, quien sin egoísmo alguno levantaba la vista a ver quién estaba bien colocado, y el delantero, siempre en posición, encontraba el balón para dar un tiro que esquivaría al portero. Pero cuando perdían, los defensas daban tiros disparatados que encontraban al contrario o salían de la cancha, el mediocampista corría arriba y abajo gastando energías y, cuando tenía el balón, se resistía a soltarlo, ya no confiaba en la puntería de sus delanteros, y éstos a su vez, desesperados muchas veces, acababan ayudando a la defensa, peleándose por el balón dentro de su mismo equipo. Al terminar el juego todos eran culpables del fracaso, desde el árbitro que había obviado faltas, el entrenador, quien planeó una estrategia errónea, hasta cada jugador que no sólo recordaba las fallas de los otros, sino las propias. Hundidos en dudas y desprecio, ajeno y propio, el sabor del fracaso era amargo.

Miguel no se preparaba para el fracaso, al contrario, buscaba un triunfo más contundente. Pero sabía que la única forma de prevenir el fracaso era imaginándolo, inspeccionando los puntos débiles de la nave, probando cada eslabón, reforzando las cadenas.

Era tan bueno como su peor hombre, había decidido que éste era *El Manny*, pero no por mucho tiempo.

Ella le había dicho que quería ser actriz y que su nombre era Lucía. Lucía. Seguramente sólo se llamaba así en el escenario, pero le había apuntado su nombre en el celular. Recordaba sus manos con uñas cortas y sin barniz. Le sorprendió haber reparado en ellas. Eran tan naturales y ordinarias que entonces se fijó en las manos de las otras bailarinas para ver si en realidad había un contraste, y sí: todas tenían uñas largas y decoradas, algunas de rojo, otras burdamente falsas; dos pulgadas de acrílico, como sus tetas que podían sostener una cuerda floja con equilibrista entre un pezón y otro. Lucía, en cambio, las tenía bonitas y chiquitas, con esos ojos honestos y alegres que él privilegiaba. Lucía. A su mamá no le gustaba ese nombre. En alguna ocasión la había oído decir que era una santa ciega. Qué cómo le daban a alguien ese nombre. Lucía. Buscó su número en la cubierta y marcó. Le contestó una grabadora:

—Ya sabes qué hacer. Deja tu mensaje.

El *bip* lo tomó desprevenido.

—Llamo luego —dijo con voz titubeante.

Dos horas más tarde, después de revisar unas cuentas y asegurarse por internet de que todos sus tráilers estaban donde debían estar —le fascinaba ver ese mapa de la República con los puntitos rojos de sus unidades proyectados vía satélite moviéndose por el territorio nacional—, volvió a marcar el número de su teléfono.

—Hola —dijo una voz que parecía somnolienta.

Miguel imaginó que ella acababa de despertar y que dormía con una sencilla y delgada camiseta de algodón.

—Hola —dijo—. No sé si te acuerdas de mí. Me diste tu número.

—Ajá —dijo la bailarina. Seguro que daba su número con mucha frecuencia y que eso no significaba nada.

—Me dijiste que querías ser actriz.

Miguel no quería que pensara otra cosa.

—Ajá —repitió ella.

—¿Lucía?

La chica de esa noche no parecía tan indiferente.

—¿Sí?

—¿Podemos vernos, mejor?

—No hago visitas a domicilio —contestó ella cortante.

—No. No es lo que te imaginas.

—¿Qué me imagino?

Miguel comenzó a hartarse.

—Mira. Te quiero ver, ¿okey? Te conviene. Tú decides. Sanborns de los Azulejos hoy a las cinco de la tarde.

Y colgó.

Unos minutos después recibió un mensaje de texto.

—¿CÓMO TE REKONOSKO?
—NO TE PREOCUPES

La esperó en la barra del bar tomando café con leche y un pan tostado con mantequilla, como solía hacerlo con su papá cuando lo llevaba a la oficina los sábados por las mañanas. El pan con la mermelada de fresa le llenaba el estómago y lo remontaba a su infancia. Los sábados por las mañanas su papá lo despertaba antes del amanecer. Primero iban al club a jugar un arduo partido de tenis. Ahí se bañaban. Tenía la imagen de su papá sentado en la silla del peluquero con una toalla sobre su barba recién rasurada, con unas chanclas de hule que usaba sólo para el baño del club. Luego, vestidos ya con camisas de cuello, se dirigían al centro. Desayunaban en el Sanborns. Cuando llegaban al almacén, su papá entraba al despacho y lo dejaba solo. Ahí aprendió el negocio, escuchando a los cargadores y choferes, ayudando a los mecánicos a arreglar las unidades. La última vez que abrió un motor estaba todo cerrado y computarizado, era imposible desarmar el motor como antes. Otra forma de controlar el mercado, pensó. Cuando la vio entrar, supo que no se había equivocado. Vestía unos jeans ajustados y una camisa blanca que mostraba discretamente su escote, unos tenis azul marino le daban un aire de colegiala. Las puntas de su pelo lacio bailaban sobre sus hombros. Ella notó su mirada y se dirigió hacia él.

—Hola —dijo Lucía con naturalidad, posando su celular incrustado con piedras brillantes sobre la barra. Echó un vistazo hacia la puerta y Miguel siguió su mirada—. Nunca vengo sola. Aunque sea un lugar público no sabes lo que pueda pasar.

—¿Porque no quieres o porque no puedes?

Miguel adivinó que mentía. Si le había dado su número directamente era porque no tenía lenón. Por esto, porque no trabajaba en uno de los antros del Kuri y por la luz que brotaba de sus ojos color té no muy cargado la había elegido.

—Estemos claros —dijo ella como respuesta—. Yo hago lo que me da la gana.

—Eso pensé —dijo Miguel, en tono respetuoso.

Esbozó una pequeña sonrisa, cuidando que no pareciera burla, y añadió:

—Y me dijiste que querías ser actriz.

—Sí.

—¿Cómo se llaman los disfraces que utilizan en escena, esos que se ponen para actuar?

—Vestuario.

—Eso. Mira, primero necesito darte para tu vestuario, pero antes te voy a explicar tu papel. Yo tengo un amigo y quiero que te lo ligues.

Los ojos de Lucía bajaron treinta y cinco grados.

—No quiero que te acuestes con él. Bueno, digo, si tú quieres, pero para eso no te llamé. Con que te lo ligues basta. Sé que le vas a gustar, eres su tipo.

Miguel titubeó por un segundo, ¿cómo decirle que quería que pareciera niña fina sin ofenderla?

—Yo te voy a comprar el tipo de ropa que necesitas para que se fije en ti, aunque se fijaría en ti de cualquier forma. Pero le gusta cierto tipo de mujeres. Una bolsa Gucci y zapatos que hagan juego. Ten —sacó una tarjeta de débito de su cartera—. Vete a Saks y me mandas por *text* los vestidos que te gusten. Yo los tengo que aprobar. Quiero que te veas elegante.

Se la imaginó con un vestido negro ajustado parecido a uno que Magali acababa de comprarse.

—Yo te presto un reloj y algunas joyas.

Tampoco quería que le saliera tan caro el chistecito, pero se dio cuenta de que sin un buen reloj nunca daría el gatazo. Intentó recordar quién le había hablado de unas buenas imitaciones.

—Yo te voy a decir dónde encontrarlo la primera vez. De ahí tú te encargas.

—¿Y qué ganas tú con eso? —preguntó Lucía, intrigada.

—Ah.

Miguel rió, simulando que había olvidado decírselo por distraído.

—Yo necesito que tú me mandes información sobre dónde están para tomarte unas fotos.

—Él ¿está casado?

—Sí.

—¿Y cómo sabes que va a querer conmigo?

—Porque lo conozco. No me interesa que sea sólo una vez. Tiene que parecer algo serio. Tampoco necesito que lo veas un mes. Simplemente que no sea un acostón. Otra cosa.

—¿Qué?

Miguel le quería decir que no escribiera sus mensajes con "K", pero luego se acordó de que a veces Magali lo hacía y decidió que entre menos explicaciones diera mejor.

—Nada.

No había contemplado divertirse tanto con su plan, pero recibir una foto tras otra de Lucía probando atuendos, apuntando su celular enjoyado hacia el espejo lo llenó de goce. Después de cada foto, Lucía mandaba otra de la etiqueta con el precio como para cerciorarse de que todo estuviera bien. Doce mil pesos. Diecisiete mil novecientos noventa. Miguel eligió los dos que más le gustaron, uno negro con la espalda algo escotada y un conjunto de chaqueta y saco gris oscuro que si no fuera por la sonrisa coqueta que mostraba la hacía parecer un tanto ejecutiva. Pudo imaginar al *Manny* viéndola de reojo, preguntándose por qué no la conocía. Si trabajaba en alguna agencia de publicidad, tenía que idear un guión creíble. ¿Estaba perdiendo la cabeza? ¿Qué importaba que *El Manny* tuviera una amante, si las tenía todo el tiempo? ¿De qué le servirían las fotos? En cuestión de minutos debía llegarle a su escritorio una copia de la memoria entera de la laptop del *Manny*, podría escudriñar todas sus cuentas y sus correos. Sería capaz de idear algo más sensato. Pero su intuición le decía que nada dolía tanto como el amor, y que si lograba que *El Manny* se enamorara de Lucía lo controlaría más que de cualquier otra manera. Miró el reloj. Lucía le había dicho que trabajaba a las nueve. Tenía aún media hora para hablar con ella y explicarle cuál era su rol.

—Creativo de una agencia.

—¿Qué es eso?

—Quienes hacen los anuncios.

—¿Qué anuncios?

—Todos. Los que ves en la tele, en las revistas. A ver, dime uno que te acuerdes ahorita.

Ella le describió uno de champú y otro de cigarros.

—No, no, piensa en algo más chico. No te va a creer que eres la creativa de Phillip Morris. Piensa en algo más modesto.

Luego le pidió que se fijara la próxima vez que hojeara una revista o viera la tele. Que se imaginara inventando el anuncio.

—Okey —dijo ella antes de colgar.

Miguel tuvo la sensación de que le estaba cronometrando el tiempo. *El Manny* es un pendejo, se consoló. No va a estar interesado en el trabajo de esta mujer. Con que sea una actriz medianamente decente, saldrá bien, pensó. Decidió ensayar una cita con ella para evaluar si podría estar a la altura del *Manny*.

Miguel hizo una última llamada a su hermano, quien, como de costumbre, no respondió. Sabía que no siempre estaba disponible el servicio, y solamente le había marcado un par de veces desde aquella vez. Cuando tenía que comunicarse con él prefería mandar a alguien, pero ahora se trataba de un ultimátum. Lo dejó en la grabadora. O sacaba a su mamá y Magali como testigos o él le quitaba la protección. Ayer habían notificado a su mamá y ella no se merecía estar involucrada en esos enredos.

La vida de Miguel había cambiado. Él la había cambiado. Aceleró su plan. Envió a su mujer fuera antes de que pasaran más cosas. Además de que temía por su vida, no quería volver a verla escudriñando su celular, cuestionándolo. Debía protegerse. No podía actuar temiendo por ella y por Maggi, pero ahora que estaba solo nada lo podía detener. Magali se había visto en la tele, pero él observó otra cosa: al hombre de Aguirre detrás de los encapuchados, al hombre de Aguirre atrás de los soldados que apuntaban las armas y que era el director de Servicios de Investigación. Lo había visto en casa de Aguirre, ahora a espaldas de su mujer. Le había tomado exactamente seis minutos averiguar su nombre: Eusebio Arteaga. Y siete horas, incluidas tres de sueño, en decidir qué hacer. De pronto el universo se le esbozaba tan sencillo como quien sigue el trazo de un lápiz sobre un laberinto. El camino aparecía tan obvio delante de él que se avergonzaba de sus cálculos infantiles. Él no tenía que transportar armas ni electores ni pinceles hechos en China. Tendría su imperio de trenes y buques, pero como el ferrocarril miniatura que da vueltas al gran árbol de Navidad, como adorno. No importaba quién sembraba ni quién empaquetaba ni quién transportaba. No importaba quién vendiera ni quién compraba. Nada de eso importaba. Ni los ranchos de sus amigos ni sus cavas ni sus casas en Vail ni los terrenos que estaba adquiriendo ni nada. Nada importaba. Sólo una cosa era relevante, y al ver a Eusebio lo supo de inmediato. No se le escapó la ironía de recordar a su papá en este momento, que si bien había sido un mediocre para los negocios entendía perfectamente lo que él finalmente acababa de comprender: que lo único que importaba era quién decidía qué se podía hacer y qué no. Policías y ladrones, lo chueco y lo derecho, la ley y el crimen eran lo mismo. Dos caras de una moneda. Lo importante era ese alguien más, ese más allá de la ley que lo controlaba todo. El que decía qué se hacía y qué no. Ése era Aguirre y él iba a encontrar la manera de que no pudiera hacerle daño. Le había tomado siete horas entender esto, dos para sacar a su mujer del país. El enfoque entero de su existencia había cambiado. Ahora él tenía que asegurarse de que Aguirre no lo jodiera. Esperaba que su hermano entrara en razón y no tuviera que cumplir su amenaza, pero si no las quitaba como testigos, lo metía en más de una bronca, de entrada porque Magali ya no se encontraba en el país. Estaba cansado, pero aun así no vio razón alguna para cancelar su cita con Lucía. Habían quedado de verse en el Country para que ella ensayara la seducción al *Manny* en su papel de creativa en una agencia de publicidad llamada Alquimia. Ella había elegido el nombre de la agencia. Le juraba que existía en realidad, pero a estas alturas eso lo tenía sin cuidado. Todo se había alterado, pero él seguía siendo el mismo. Así se han de haber sentido los nazis después de la guerra, pensó. O los aztecas. El mundo y nuestro entendimiento de él cambiaba todo el tiempo, pero nosotros seguimos siendo inevitablemente los mismos. Se dirigió a la barra donde había quedado de verse con José y Alonso, quería explicarles la decisión de enviar a Magali fuera el país —la inseguridad valía como excusa— y que le abrieran el acceso a las cuentas. Por suerte había mantenido esa oficina siempre separada de los demás y confiaba absolutamente en ellos.

Lucía estaba ahí, guardando cierta distancia con su vestido nuevo. Se había hecho acompañar de otra amiga nada despreciable. Miguel despachó sus negocios sintiéndose cada vez más tranquilo. Casi treinta millones de dólares se encontraban bien posicionados y disponibles. Les pidió que pusieran una cuenta aparte con cinco millones para su mamá por si sucedía cualquier cosa, y otros cinco en un fondo para Magali. También dio órdenes para que dejaran de enviar dinero a la cuenta del comandante en Bahamas. Le dio las gracias a sus amigos y fingió salir con ellos a la puerta. Pero antes le mandó un *text* a Lucía pidiéndole que lo esperara. En la salida se volvió a despedir de ellos y se dirigió al baño. Sus amigos no tenían problema con limpiarle toda su lana, pero en cuanto a las viejas, eran muy morales. Habían aprendido bien de los curas. Lucía ya estaba en la barra ocupando el lugar de Miguel cuando llegó. Se veía espectacular con el vestido negro. De la bolsa del saco Miguel sacó los aretes de Magali y se los dio, advirtiéndole que era un préstamo. Si no se los devolvía le compraría a Magali unos nuevos, no era una mala manera de probar su lealtad. Se acordó de un video que vio en la maestría donde un industrial japonés que tenía una fábrica de juguetes de plástico en México había contratado a sus empleados pagando con billetes de quinientos a voceadores de periódico y diciendo que regresaría por el cambio; aquellos que le devolvían el dinero eran contratados. Según el japonés, en su fábrica no había robos ni los casilleros tenían llave. ¿Cómo podría implementar una política similar con sus empleados? ¿Cómo asegurar su fidelidad? Buscó la mirada de Lucía, pero ella lo esquivó. Demasiado inaccesible, se dijo él. En eso ella levantó su vista y le preguntó:

—¿Qué quieres de tomar?

Eso era demasiado atrevido, pero había surtido efecto. Aun sabiendo que todo era un juego.

—Un tequila —contestó Miguel—. Pero, ¿cómo voy a aceptar un trago si ni siquiera sé tu nombre?

—María.

Bebió el tequila y pidió sus cigarros al chofer. La niña actuaba bien, le serviría para chingarse al *Manny*. Cuando le aclaró los términos la sintió levemente decepcionada, como si se estuviera interesando en él. Si ella procuraba celarlo, lo haría mejor. El chofer entró a buscarlo y le entregó una cajetilla de Marlboro rojos. Miguel la abrió con cuidado y vio los dos gramos en sobres separados. Le pasó uno a

Lucía, quien inmediatamente lo desapareció en su nuevo bolso. Tardó menos de cinco minutos en ir al baño y llevarse a su amiga con ella. Miguel las esperó cuidando su asiento en el bar. El antro estaba a reventar. Para él la noche había acabado. Era tiempo de volver a casa y elaborar su plan.

—Ahí las dejo para que se diviertan.

Pagó la cuenta y se fue. Al llegar al auto le preguntó al chofer:

—¿Cuánto fue por la coca?

—Nada, jefe.

—¿Cómo nada?

—Hoy por usted, mañana por...

Miguel no lo dejó terminar la frase:

—No me estás entendiendo, cabrón. Yo no me comprometo con nadie, menos por dos putos gramos. ¿Me entendiste?

—Sí, jefe.

Era el tercer chofer que iba a echar desde que despidiera a Juan. Simplemente no se hallaba con nadie. Odiaba admitirlo, pero Juan había sido el más sensato. Tampoco debía darle mucha importancia. Había cualquier cantidad de choferes en la ciudad. Encontraría un remplazo. Por otra parte, la casa se sentía vacía sin Magali. Quería comunicarse con ella. Desde que sabía lo fácil que era hackear las computadoras, no confiaba. Se sirvió un whisky con hielo para beberlo mientras se quitaba la ropa. Acostado en la cama, rodeado de almohadas, Miguel se imaginaba a Aguirre en su casa. ¿Cómo lidiaría con él? Pensó en su hermano, si Jorge se las quería ver con él así sería. Su capacidad de hacer las cosas por las buenas estaba agotada.

JORGE

Desde que nos cambiamos al dormitorio dos, Carmelo y yo acostumbramos ver el atardecer en los días claros. Como el reclusorio está en las faldas de un cerro, el patio del dos ofrece una linda vista. ¿Linda? Creo que todo es relativo. Hace poco me quedé fascinado viendo una bolsa de plástico volar por los aires danzando al compás de una rítmica corriente. A esto y otras cosas hemos llegado. Creo que la contaminación ayuda a incrementar el efecto visual, los colores parecen tóxicos, pero son hermosos. Nos estamos cargando el planeta y a todo el mundo le vale madres. Pero se ve chido, me contesta Carmelo. Claramente a él también le vale madres. Me agarra la mano, y yo la quito. ¿Sabías que Tacho era decapitador?, le pregunto. Algo había escuchado, es de Veracruz ¿no?, me dice indiferente.

Tacho es uno de los muchachos que a veces nos ayuda con la cocina. He pasado la tarde hablando con él. Dice que tiene veinte años, pero parece un niño; es bajito y flaco, difícil de imaginarlo con un machete. Me contó que creció en un ingenio cortando caña desde chico. Un día, viéndolo con el machete, un grupo de hombres armados lo levantó. Lo metieron en una casa de seguridad y nada más lo sacaban cuando lo necesitaban. Lo llevaban a punta de pistola hasta donde estaba el sacrificado, maniatado sobre un banco, esperándolo. Él llegaba y de un tajo les cortaba el cuello. Carmelo no cree la historia. Yo intento convencerlo. Dice que si no lo hacía lo mataban. Su expediente señala robo a casa habitación. Si serás crédulo, se burla Vargas.

169

Los rojos en el cielo han llegado a su punto máximo y comienzan a languidecer. Es verdad, Tacho está encerrado por robo a casa habitación. Huyendo saltó a los patios de un par de casas. Alguien lo vio y llamó a la chota. No tiene sentencia. Yo calculo que cuando lo juzguen van a dejarlo libre porque es primer ofensor. Quiero convencerlo de que saliendo se dedique a algo más. Pero ya lo han entusiasmado con todo el dinero que puede hacer con ese trabajo.

Oscureció. Carmelo me trajo un plato con tacos de frijoles y salsa verde. Él cenó una torta cubana. No debí de haber tocado el tema del dinero con Tacho. Le dije que no era verdad que le fueran a pagar tanto, si cualquier día podían levantar a otro muchacho igual que él. Me respondió que no era cierto, que ya muy pocos sabían usar el machete. Entre los que se han ido al otro lado y las máquinas, no hay quien tenga la técnica. Aparentemente es como el swing del golf, o lo desarrollas de niño o no lo dominas nunca. Te van a entambar, le dije, ¿no escapaste para ser libre? N'ombre, me agarraron porque me les escapé, si trabajo con ellos, usted cree. No supe qué decirle.

Me desperté sudando. Tuve una pesadilla en donde estaba en un boliche pero en lugar de pelotas salían cabezas de la banda eléctrica, una tras otra, una tras otra. Los jugadores las agarraban de la cabellera, y las deslizaban con el parqué donde rodaban hasta derribar los bolos. Ya ni intento volver a dormir. ¿Cómo será el cielo de los decapitados?

Seis cabezas se encontraban en una línea recta sobre el piso de parqué. No todas habían sido decapitadas con precisión. Aquellas guillotinadas tenían complejo de superioridad, porque sí podían mantenerse rectas como alcachofas de tallo ancho. Las rebanadas con hacha o espada no siempre encontraban su balance apoyadas sobre el cuello. Frecuentemente se encontraban sobre la coronilla o con las narices peligrosamente al ras del suelo. Lo peor era cuando estaban completamente boca abajo y les costaba trabajo hablar. De cada lado de la cancha había seis cuerpos. Las seis cabezas restantes formaban los espectadores. Cuando el árbitro silbaba, los cuerpos corrían a agarrar la cabeza más cercana antes que su rival, y luego procedían a aventarlas hacia el equipo contrario. Había que echarlas con mucha fuerza, porque si era atrapada por el enemigo, quedaba fuera del juego. Durante unos breves minutos las cabezas volaban de un lado al otro de la cancha como proyectiles, y se escuchaban los gritos de aquellas que se alzaban por los aires o se estrellaban contra el piso. La estrategia más certera era aventar la pelota con mucha fuerza hacia los pies del contrincante, donde era difícil atraparla. A veces, sin embargo, esto hacía que rebotaran duramente contra el piso y se derraparan sobre el suelo, con fuertes raspones y quemaduras. Por supuesto, a estas alturas ya no había dolor.

En el prado de los decapitados había muy pocos norteamericanos en comparación con la cantidad de árabes, chinos, japoneses, mexicanos, alemanes, ingleses y franceses. Sin embargo sus juegos predominaban. De estar vivos seguramente preferirían jugar futbol, pero patear entre veinte personas una sola cabeza no resultaba muy divertido. Además de que los jugadores repetidamente perdían la propia al correr tras la que habían elegido como balón. En estas condiciones el futbol era realmente impráctico. Jugar quemados, en cambio, resultaba mucho más divertido. Los atletas disfrutaban arrojar las cabezas ajenas, comprobar su peso y forma en sus manos; estaban tan acostumbrados a cargar la propia que palpar una foránea e impulsarla por los aires era muy emocionante. Además, cuando el juego terminaba y cada quien ponía su cabeza sobre sus hombros, el sentimiento de paz y confort era enorme. No había nada como el sosiego que experimentaban al colocarse sus propias testas sobre el cuello después de un partido de quemados. Era curioso que tuvieran semejante afición por el ejercicio, dado que éste no les proporcionaba ningún beneficio para la salud —ya estaban irremediablemente muertos—, pero sí les ayudaba a eliminar el tedio. El prado de los decapitados era muy aburrido. Había gente que merodeaba ahí desde hacía milenios. Aun los más sabios —que no siempre eran los antiguos. Las nuevas generaciones llegaban frecuentemente con tantos conocimientos que desconcertaban y causaban minúsculas revoluciones en las discusiones ancestrales de los decapitados— no lograban ponerse de acuerdo si estaban en el cielo o el infierno, si su morada era premio *o castigo. Había por lo general buen clima, verdes campos, cómodos dormitorios que parecían diseñados por monjes. Eso a nadie sorprendía, dado el número de cefalóforos entre los católicos. San Exuperancio, de la orden de San Benito, desde el año 572 tenía como profesión la construcción de monasterios terrenales: era natural que tuviera cierta influencia arquitectónica.*

No se les había proporcionado ni comida ni alcohol. Aunque no pasaban hambre, todos consideraban que esto era una especie de castigo. Sobre todo con el grandísimo aburrimiento que sufrían y que les forzaba a inventar juegos sin cabeza. Consecuencia del destino terrenal, las mujeres eran una minoría absoluta. Todas ellas estaban de acuerdo en que simplemente por el gran número de hombres que había a su alrededor el lugar era un infierno. Aunque últimamente se la pasaban mejor porque tomaron el control de los caballos.

Sí, había caballos en ese extraño firmamento. Aquellos que morían montando llegaban con su corcel. Al menos eso es lo que los aficionados a la historia lograron deducir, a juzgar por el gran número de turcos, chinos, soldados de Kubis y Gengis Khan, guardias imperiales, cuyo último recuerdo era estar galopando a gran velocidad hacia el enemigo. Un soldado imperial, Li Wei, era el único que se acordaba de su cabeza rodando sobre el lodo. Algunos le creían, pero cuando decía que además había sentido sobre el cráneo patadas de caballos todos se carcajeaban. Era particular de este lugar que pudieran sentir y gesticular aun con la cabeza desprendida.

Los caballos eran motivo de gran envidia. Habían ocasionado terribles guerras de parte de aquellos que no tenían. Sobre todo los nobles, acostumbrados a tener más que los demás. Los caballos eran preciados como medio de transporte, pero sobre todo como compañía y entretenimiento.

La baronesa alemana Benita Von Falkenhayn y su amiga Renata Von Natzer —decapitadas por ser espías para Polonia— fueron quienes llegaron con ideas de feminismo y propusieron que, dado el limitado número de caballos y de mujeres, lo justo era que ellas se encargaran de éstos, para así compensar las desigualdades y aliviar los desencuentros. No era ningún secreto que Benita sabía manipular a los hombres. Sus ojos de una tinta azul índigo escribían con su mirada un contrato astuto y certero. Ofrecían una noche como ninguna, pero a cierto precio. Los hombres cedían ante su encanto. Renata hacía de las suyas también, quizás de forma menos estrepitosa. Entre las dos formaban un dúo potente. La realeza inglesa no era menos distinguida. Ana Bolena, esposa de Enrique VIII, tuvo la distinción de contar con un ejecutor traído de Francia para hacerle un buen corte. Mary, Queen of Scotts, en cambio, sufrió tres hachazos en el castillo de Forthinghay. Katherine Howard, diestra como cualquiera en las artes de seducción, educada desde los once años por su tutor de piano, y quinta esposa de Enrique VIII, presumía haber tenido la precaución de pedir un bloque de madera para entrenarse en mantenerse quieta. Por eso había tenido un corte exacto. La peor librada quizás fuera la Octava Condesa de Salisbury, Margaret Pole, quien necesitó diez hachazos. Todas ellas y unas cuantas más formaron un bloque difícil de vencer. Holofernes y Juan el Bautista eran sus mayores opositores. Como fueron ejecutados por mujeres, les guardaban un especial rencor. Pero al final el Imam Hussein, quien ocasionó el rompimiento entre los chiítas y los sunníes, y que por esto tenía complejo de diplomático, estableció el trato. Ellas cuidarían de los caballos. A cambio, los jinetes decapitados —en su mayoría jóvenes vírgenes— tendrían una noche de sexo con ellas. Las mujeres accedieron. En privado reían, diciendo que habían obtenido doble recompensa.

La noche de aquella masiva luna de miel, aquellos que no estaban invitados se ocultaron en las tinieblas para masturbarse o realizar sus propias orgías homosexuales. Unos cuantos santos y ascetas organizaron intensas caminatas y plegarias.

Después de comparar notas y encuentros, las mujeres decidieron entrenar en las artes sexuales a los más dotados de los jinetes, y seguir intercambiando favores a cambio de las más arduas tareas equinas. Desde que tenían tanto caballos como jinetes a su disposición, ellas volvieron a preguntarse si estaban ahí como castigo o recompensa. No lograban ponerse de acuerdo, pero ninguna negaba que su situación hubiera mejorado.

Me enseñaron a vivir dentro de un rígido código de clase. Sólo había que admirar al que tuviera más que nosotros o fuera de mejores familias o pudiera demostrar mayor finura. Esto casi siempre venía acompañado de dinero o de apellidos y se manifestaba en ranchos con caballos de buenas razas, cavas, yates, estancias en hoteles de lujo, colecciones de arte y también en el vestido. Mientras estuve en el colegio, mis padres me confirmaron este modelo de vida, y no fue sino hasta que llegué a la universidad que me di cuenta de cuán errados estaban, lo limitada que era su forma de ver el mundo. Sin embargo, con su conducta mis papás insistían en asegurarme que sólo si eras rico podías ser inteligente o generoso. Sólo si eras rico podías disfrutar del mundo —ay, y cómo despreciaban a los que no tenían—. Yo sé que no es así, pero no puedo librarme de mi educación: conozco las principales capitales del mundo, he vivido en París y en Londres. Hablo francés e inglés, sé distinguir entre un Chablis y un Chardonnay. ¿Y de qué me sirve eso ahora? Soy totalmente inútil en tantas cosas. No sé pelear o usar armas, no soy capaz de lavar ropa ni de cortar comida con el filo de la tapa de una lata. No puedo jalar mi propio peso ni diez veces en las barras. Lo único que me da satisfacción es ayudar a media docena de presos en sus procesos y dar asesorías a otros cuantos. Sólo para esto sirve mi educación y el dinero. La necesidad y desesperanza de la gente en la prisión es tanta que me siento sobrepasado. Día con día vienen a verme, a veces solamente para charlar.

Ayer vino el Concha. Me dijo que escuchó a los comandantes discutir. Yo le estoy pasando lana al comandante Ramón, y aparentemente Jorge le daba también pero ya no lo está haciendo, y quiere que le den moche. Me advirtió que si no me arreglo directo con Félix me pueden cambiar a población general. Luego me contó su historia:

Pues eso es lo que le puedo ofrecer yo de información, pero la verdad, licenciado, vine porque me dijeron que usted era bueno para ayudar. Para qué le digo más que la verdad, ya estoy sentenciado. Quince años. Llevo siete aquí. Los primeros son duros, usted se imagina. Dejé a mi mujer con tres hijos. Carolina, la grande, tenía doce. Josué, once, y Christopher, ocho. Para qué le digo que no, sí me apendejé. Le vi lana fácil. Un cuñado y yo. Me metieron a mí na'más. Mi esposa, gracias a Dios tenía algo. Y como mi cuñado se sentía culpable, había lana. El abogado no hizo más que ordeñarnos, a cada rato le decía a mi mujer que hacía falta para las copias, que tenía que pagar al del MP, que seguro que con diez mil pesos conseguía no sé qué moches. Total, míreme. Todavía el cabrón quería más quesque porque no me dieron la máxima, hijo de su chingada madre. Perdón, licenciado. Pero es que nada más de acordarme... Y eso es lo de menos. El estrés del juicio cala, porque no es lo mismo, lic, estar sentenciado que en proceso. La esperanza es cabrona y a mí namás no me gustaba estar aquí y pos empecé. Ya sabe cómo dicen: mota, piedras, chochos. Así empecé. No se asuste, licenciado. Ya llevo dos años limpio, pero fueron cinco años de mucho desmadre. Ésa es la verdadera esclavitud. Yo aquí, ahora, estoy libre. Libre de esa mierda, pero entonces sólo podía pensar en estar por los aires, en meterme algo. Lo demás era insoportable. Ahora yo le decía a mi vieja que necesitaba más y que me extorsionaban y hasta la mezclé con algunos negocios. Todo estaba arreglado desde aquí, ella namás tenía que hacer mandados, llevar cosas y traer encargos, aunque a veces salen las cosas y a veces no. Uno necesita lo mismo, por compromisos. Yo estaba desesperado. Mi hija, Carolina, a veces acompañaba a su mamá, y pues uno de los grandes le echó el ojo. Fue mi culpa, mi culpa. La mandé con él a las cabañas. Casi un año. Usted pensaría que yo sabía lo que estaba haciendo, que en algún momento me lo pregunté. Pues no. Nunca. Ni pensé en ella. Sólo sabía que mientras fuera, yo estaría bien pasado. Era lo único que me importaba. Hasta que un día me dijo mi mujer que nuestra hija estaba embarazada. Mi nieto sería hijo del *Chanfle*. Ahí me cayó el veinte. Ese día. Ese día hace dos años y dos meses que dejé. Pedí que me encerraran. Aquí hay un grupo que se dedica a ayudar a los enviciados. Uno sabe que están ahí, pero hasta que uno no quiere, no hay manera. Y ahora dígame: *El Chanfle* está por salir y yo creo que va a buscar a mi hija. Dice mi mujer que a cada rato le llama, que le manda para el niño. Yo le digo que no acepte. Pero cómo. Yo con qué autoridad, si ni puedo proveer por ellos.

No supe cómo responderle. Tampoco sé qué hacer con Félix. Voy a pedirle a Carmelo que averigüe si es verdad. Le dije que iba a pensar en su caso. Que buscara perdonarse a sí mismo y al *Chanfle* también. Que volviera en unos días y encontraríamos alguna solución. ¿Cómo voy a salvar a los demás si no me puedo salvar yo mismo?

El ecoterrorista, también conocido como el ecoanarquista, se fue incorporando lentamente a nuestro grupo. Comenzó asistiendo a las pláticas y ayudando después a recoger. Varias veces platicó con Vargas, pidiéndole que le concediera acceso a mí. Él se negó una y otra vez. A los ojos de Vargas, *El Eco* era un tipo inteligente y peligroso. Temía la influencia que pudiera llegar a tener sobre mí. Pero yo me interesé. El muchacho, como yo, era vegetariano. Creía que matar animales y la industria alimenticia en general eran inmorales. Yo sí como queso, así que pasamos largas horas discutiendo si ordeñar constituía un abuso, hasta la labor de las abejas analizamos. Hasta ahí bien. Su crimen fue meterse al metro de la ciudad de México en hora pico y hacer explotar dos bombas caseras. Hirió a cinco personas y mató a una, pero fue como consecuencia del atropello causado por el pánico. A mí me parecía tan demente que alguien hiciera eso, poner una bomba en el metro por una cuestión ideológica. Quise guiarlo. Le pregunté si había leído a Tolstoi. "No. Nosotros no tomamos las ideas de los libros ni reciclamos ideas de ideologías antiguas escritas por personas que ya no existen y cuyo momento histórico está extinto." Ideas de ideologías, literal dijo eso. Me quedé atónito ante esas palabras. ¿Quiénes son ustedes?, le pregunté. El movimiento. Somos una célula del Frente de Liberación Animal y de la Tierra. ¿Y qué quieren hacer? Justicia. ¿Pero cómo lo hacen? Confrontamos a las empresas responsables de la destrucción planetaria y las hacemos pagar. ¿Pagar? Mandamos amenazas a Burger King. Hemos destruido puestos de comida chatarra. ¿Y lo del metro? La tierra debe ser verde. Verde, pensé yo. Lo único verde que se divisa desde el patio del penal son cinco altísimas palmeras copetudas con las ramas mal cortadas y algo de hiedra. Al verlas, yo siempre quiero podarlas, pienso que si tan sólo me dejaran quitarles las ramas secas volvería a mi celda satisfecho, habiendo puesto al mundo en orden.

El Eco resulta ser un fanático cualquiera. Los ecoanarquistas, como se autodenominaban, son una secta más de jóvenes perdidos en su ignorancia y encandilados por un líder carismático que les arroja frases que suenan bien. Me cuesta trabajo sentir algo por personas como *El Eco*. Arar el patio me pone en un estado meditativo. Mientras caminaba con el yunque sobre la frente, empujando el polvo para que los internos pudieran jugar futbol, descubrí que lo que realmente me entristece es la soledad. Contemplar a una persona desamparada me conmueve. Sentir que puedo ayudarles me motiva en algo, pero a veces creo que todos estamos irremediablemente solos y condenados. El ecoanarquista me cayó mal porque no estaba solo, era parte de un grupo, tenía un líder que lo manipulaba. Era un ser gregario y cobarde. Una parte de mí envidia a los que son parte de un grupo, pero también los desprecio.

Sinceramente pensé que iba a lograrlo. En verdad me la creí, me convencí a mí mismo que lograría ayudar a algunos internos, que podría cambiar algo de la cultura, aunque fuera la limpieza. Hablan de un industrial que estuvo aquí dentro, un señor con muchos contactos pero sobre todo iniciativa, dicen que reactivó la panadería, dio empleo a cientos, estuvo aquí hace más de veinte años y aún lo recuerdan. ¿A mí quién me va a recordar? ¿Vargas? Ni siquiera. Siempre me he equivocado. No me sorprende, desde que recuerdo he tenido temor a equivocarme. Una parte de mí aceptaba eso, entendía mi indecisión, mi temor como algo normal. Más bien desconfiaba de los que lo hacían con certeza. Siendo el mundo tan inmensamente complejo cómo iban a saber dónde ir, qué decir, a quién querer, yo nunca lo tuve claro.

Recuerdo el pánico que me invadía al tener que elegir un platillo en un restaurante. Hasta que encontré una fórmula. Preguntaba al mesero lo que recomendaba y pedía eso. Miguel y mi papá se burlaban de mí, decían que era una buena manera para asegurarme de que me dieran las sobras de la cocina. Cuando llegaba mi plato se reían. Mira, ése es el pescado de tres días que ya iba para la basura. Yo no les hacía caso, en verdad pensaba que el mesero me daría una recomendación sincera. Las comidas con ellos siempre fueron un suplicio, cualquier cosa les molestaba. Una vez mi papá me mandó a comer con el perro. Algo hice que le enojó, cogió mi plato y lo sacó al patio donde daban de comer al perro que teníamos en ese entonces, un pastor alemán llamado Carlton, pero las muchachas le decían Charly. La tarde era bonita, soleada. Yo agarré mi plato y me puse a comer. No estaba enojado, ni me sentía humillado, al contrario, era un alivio haber dejado la mesa, salir al jardín. Carlton ni estaba ahí, sólo su plato con croquetas. Unas semanas después sucedió algo similar y, sin querer, porque de haber tenido conciencia de mi reacción la habría ocultado, cuando mi papá me preguntó si quería volver con el perro —él no le decía Carlton ni Charly, sólo perro— yo dije: Sí, claro. Tomé mi plato y salí, quizás hasta se me escapó una sonrisa. No volvió a mandarme con Carlton otra vez.

No sé si fue en ese momento, porque los momentos nunca son exactos, jamás hay un momento sino una secuencia de momentos. Los historiadores se empeñan en buscar el instante preciso, el día de la liberación de Auschwitz, por ejemplo, pero eso sólo se explica desde el primer tren, el primer ladrillo de construcción, los planos o, peor aún, la idea antes de los planos. El momento se detiene siempre cuando miramos hacia atrás. ¿En qué momento llegué aquí? ¿En qué segundo me equivoqué? Puedo hacerme pendejo y declararme inocente, no iba a luchar contra las metrallas, no podía escapar de aquel asalto, pero cuando me le eché encima a Miguel, quizás podría haberle pedido perdón, pude haber quitado a mi mamá y a Magali de testigos, encontrar otra estrategia de defensa, pagar simplemente. Me he gastado más aquí adentro de lo que hubiera costado cualquier amparo. Pero cuando Miguel amenazó con quitarme el apoyo ni siquiera tenía conciencia de a qué se refería. ¿Por qué no quieres que testifiquen? ¿De qué otra forma puedo probar mi inocencia? No entiendes nada, cabrón, me dijo. No, no entiendo nada.

Con tanto que he escrito, me doy cuenta de que no he descrito a algunos de los más cercanos a mí. Está Omar, que se unió al grupo porque le interesaba la justicia social, la idea de una sociedad igualitaria. Valoraba lo que yo hacía con la fajina y la ayuda a los presos. Quería formar un movimiento humanitario para intentar abolir los peores castigos. Sueña con asesinar al secretario de Gobernación y también a uno de los grandes, al que le dicen *El Lobo*. Es alto y tiene el cutis carcomido.

También *El Contador* que ayuda a algunos narcos con las cuentas y está bien apadrinado. Fue él quien me consiguió la laptop. Aunque es prestada me ha cambiado la vida. Quiere poner un sistema de casilleros. Casi está por lograrlo gracias a sus influencias. Cuando los internos tienen que ir a juzgados, a alguna diligencia o a cabañas por visita íntima, no tienen dónde dejar sus cosas. Es una causa de ansiedad enorme para todos. Deben pedir a algún amigo que proteja desde sus cobijas hasta sus zapatos (si es que tienen dos pares) por miedo de que se los apañen. Una fila de casilleros resolvería el problema.

Es el único que de verdad tiene conductas antisociales. De entre todos los que he conocido él sí debería estar encerrado, y sin embargo es quien más inofensivo parece. Lo crió una tía que a diario le recordaba que su propia madre era una puta desobligada buena para nada, y obsesionada por andar con patanes. Ella lo había abandonado, sin decir ni agua va, para irse a Estados Unidos. Nunca conoció a su mamá ni supo quién era su papá. Desde chico su capacidad para los números fue evidente. Obtuvo beca tras beca hasta graduarse del Tec de Monterrey. Tenía el promedio de diez que era necesario para mantener la beca de excelencia, pero no hizo amigos. Yo creo que nadie le hablaba por raro. Le dieron trabajo en Cooper's, una firma global de contadores. Dice que porque lo entrevistó un japonés que no tenía los prejuicios de clase de los mexicanos. Cuando murió su tía, puso esquelas en los periódicos por si su mamá aparecía. Cómo se iba a enterar si estaba en Estados Unidos. No llegó al entierro. Había logrado todo lo que deseaba, tenía auto, departamento propio, pero se sentía muy solo. Entonces conoció a Marijose, la puta que asesinó, cuando después de llevarla a vivir a su casa se dio cuenta de que ella no quería estar con él. Ella me mató a mí, alegaba *El Contador*, dándose golpes al corazón.

Sí, cabrón. Pero usted está vivo, le contestaba yo. ¿Cómo me sentiría yo si mis manos hubieran terminado de ahorcar a Miguel? ¿Qué diría?

Hablan de un custodio al que le gusta sacar muelas con unas grandes pinzas de mecánico. Quise saber más o menos a cuántos había sometido a ese suplicio. Comencé a investigar. Decían que actuaba por rachas. A veces dos o tres noches seguidas, luego no volvía a hacerlo. En una época fueron los jueves. Sucedía siempre después de que pasaran lista, con los nuevos y con la frecuencia exacta para aterrorizar a todos. El sacamuelas parecía tener buen ojo para los sanos; las víctimas en general eran muchachos de buen ver. Les pregunté por su vida antes. La mayoría tenía familia y habían sido queridos. El dolor, me decían, era indescriptible. Desfallecían todos. Los sometía pero los quebraba. Seguían chimuelos aunque en su mayoría sanos.

Una de sus víctimas fue un heroinómano al que le llaman *Mi Rey*. Desde su esqueleto pinchado y flaco es difícil entrever al hombre que dicen que fue. Yo quería hablar con él: contaban que no se había desmayado cuando el custodio le sacó la muela, que aguantó entero sin quitarle la mirada. Hizo unos buches de sangre y se los escupió en la cara. El sacamuelas no sabía qué hacer, estaba iracundo. Quienes habían presenciado otras veces el tormento notaron su desconcierto. Estaba acostumbrado a darse la media vuelta dejando el cuerpo inerte. Esta vez se detuvo, igual que la respiración de todos los presentes. Luego se escuchó el horrísono golpe de la pinza metálica contra la boca de *Mi Rey*. Le rompió los cuatro dientes superiores y sólo así lo tumbó. *Mi Rey* no estaba inconsciente, sino berreando. Ese grito se volvió mítico. Entró en los huesos de los que estuvieron ahí. Hablan de ese berrido como si hubieran visto al diablo mismo y llegaron a temerle a eso más que a los golpes. Algunas noches especialmente sórdidas algún preso lanza gemidos así, y provoca escalofríos en todos los que escuchamos. Aquella noche nadie se atrevió a tocar a *Mi Rey*. Simplemente lo dejaron ahí. Al día siguiente lo encontraron los de la fajina y lo llevaron a la enfermería. Nadie habló de lo ocurrido. El enfermero estaba indignado. No había sanación posible más que quitarle el dolor. A ti te hubieran llevado al dentista, me dijo Martín. Confirmó lo que ya intuía: aunque me tratan con mucha familiaridad y afecto, me ven como cosa aparte. *Mi Rey* no tenía a nadie. Bueno, dicen que sí: una esposa y una hija. Pero un día ésas también se cansaron de venir. Un tiempo lo mantuvo la esperanza de que hicieran algo los de derechos humanos. Su mujer interpuso una queja. Cuando decidí visitarlo, *Mi Rey* estaba en su esquina de siempre, acurrucado como perro. Vivía de la caridad y no era el único. Otros adictos se apiadaban de él, aunque no podían darle mucho. Recurría cada vez a peores drogas. Cuando yo lo conocí, ya no había rastro del hombre valiente que habían descrito. Estaba descalzo con llagas en los pies y las uñas negras. Olía a orines, apestaba tanto que ni los yonquis se le acercaban para robarle. La gente le aventaba monedas, a veces con aparente mala puntería le pegaban en la cabeza o en los ojos. Disculpa, gritaban al aire y se iban, como si su ofrenda los liberara de mala fortuna. Yo me acerqué a él. Quería hablarle, conocer al menos su nombre. ¿Quién le daba de comer? ¿Cómo sobrevivía? No te voy a hacer daño, le dije. Me fui acercando poco a poco, ignoré el olor, me puse de rodillas para no parecer amenazante. Cuando estiré la mano para tocarle el brazo, me atacó con una vieja jeringa que se me quedó enterrada en el brazo. La saqué con cuidado, la aguja estaba encajada hasta adentro.

Eso me pasa por querer ayudar. Tuve que esperar toda la noche para ir a la enfermería por un algodón con alcohol, porque uno de los monos se empeñó en no dejarme ir. Últimamente la traen contra mí. Ven en unos días para hacerte la prueba, me dijo el enfermero. ¿Sida? No, pendejo, rabia. ¿Pos dónde crees que estás? Ya no sé dónde estoy.

Creo que Carmelo estaba en la nómina del comandante Félix. De otra forma no me explico cómo conseguía tantas cosas. El comandante le estaba "pagando" para cuidarme. No estoy seguro, pero creo.

El Conde, me dicen ahora. En un segundo te quitan tu estatus de persona. Me cambiaron a población general. Ni siquiera pude hablar con el comandante Ramón. Me siento como dentro de una película de ciencia ficción. Antes yo podía caminar por donde me diera la gana, en todas las aduanas, —no son más que monos con cuadernos— me dejaban pasar, y ahora no puedo ir a ningún lado. No tenía ni idea cuán cerradas eran para los demás. La llave secreta que ni siquiera yo sabía que tenía ha desaparecido. Somos quince en la celda. La mamá se llama Vicente. Estoy de vuelta en el sarcófago, pero sólo me dejan meterme hasta las doce de la noche. Mi turno es de doce a seis. De seis a doce le toca a Cristóbal. Vicente manda porque es el más violento, le gusta pisar los dedos de los pies y romper muñecas. El primer día me enseñó cómo lo hacía, agarró la mano de un desobediente y, como si fuera un hueso de pollo, la tronó. No puedes luchar contra él, porque los otros te agarran. Vicente se ríe, le da auténtico placer hacer daño. Está sentenciado a veinte años, así que sabe que aquí va a estar, no tiene ningún incentivo para actuar de otra forma. No tiene dinero de fuera, pero mandando a los demás consigue lo que quiere. Se siente amenazado por mí. No me quita los ojos de encima, a veces son cosas tan absurdas como mover sus zapatos de un lado al otro de la celda. Cada vez que tartamudeo me pega una cachetada, y eso me traba más. Sólo logro hablar con gran esfuerzo. En dos días tengo visita y algo voy a tener que inventar para librarme.

Una de las primeras cosas que te dicen al entrar al reclusorio es que no cuentes lo que sucede dentro. Que nada pueden hacer por ti los que están fuera y solamente se entristecen. He escuchado a algunos vampiros, presos que no tienen catre y duermen en capullos que se hacen amarrando cobijas a la pared, describir auténticas camas a sus visitas, la imaginación y la capacidad de invención no tiene límite. Entiendo que no quieran alarmar a los de afuera, pero no decir lo que aquí sucede es convertirnos en cómplices.

Yo sé que soy un hipócrita. Por más que me creía uno más, yo tenía cobijas, un calentador, un celular. Sabía que mi hermano me facilitaba algunos privilegios además de los que yo mismo había comprado. Pero no tenía ni idea hasta qué grado llegaba el poder de Miguel. Yo podía hacer la fajina por principio, para igualarme con los más indefensos y los más pobres, lo hacía por convicción. Después de tallar, aunque mis manos estuvieran quemadas por el cloro, tenía un momento de descanso, de silencio y de privacidad. Comía mis tacos de aguacate o de frijoles con un arroz por el que había agarrado cierto gusto. No estaba mal. Pero los otros terminan de tallar para luego ser sometidos a otras vejaciones; no tienen cama ni comida, no pueden comprar nada. A ellos nadie los visita, nadie les da dinero y cada uno de sus movimientos está regulado por sus explotadores, quienes apenas los mantienen con un mínimo de vida. Hay tantos, están tan disponibles, aunque sí, son un poco más valiosos vivos que muertos. Pueden limpiar, vender cigarros, ser usados para transportar, golpear, violar. Y si mueren tampoco pasa nada. Siempre hay un nuevo para ocupar su lugar. Ahora soy yo el que está así.

Vicente no se ha enterado de que tengo celular, aunque aquí no me sirve. En el dormitorio dos nos avisaban cuándo iba a haber señal y todos sabíamos que podíamos llamar o mandar correos, pero aquí tengo que esperar a que estén dormidos y sólo lo prendo para ver si hay señal, pero no he tenido suerte. Estoy incomunicado.

No tengo nada que escribir. Jerónimo vino a verme y Vicente me pidió que llevara unas sábanas al lavadero. Lo hice tan rápido como pude y cuando llegué me hizo acompañarlo a cortarse el pelo. Tuve que decirle que tenía visita, que me traerían dinero. La cagué, no debí decirle nada. Creyó que lo quería comprar o sobornar. Todavía no entiendes, verdá, *Conde*. Aquí tu dinero vale verga. Traté de explicarle que podía tener más comida, alcohol, comprar tiempo de tele. ¿Sabes qué?, lo que quiero ahorita son cigarros. Vicente no fuma.

Exploiter, explotation, explotar. Sólo en español el verbo también quiere decir *hacer explosión*, volar en mil pedazos; es el abuso llevado al máximo daño, buscar que las esquirlas mismas hieran. Como en las explosiones de juegos pirotécnicos de los mercados: un cuarto lleno de pólvora traída de China y una chispa, luego salían niños quemados, desfigurados para siempre, muertes prevenibles. Una vez en clase pregunté a mis alumnos si, visto que el gobierno era incapaz de tener los elementos necesarios para que los cohetes se almacenaran y distribuyeran con propiedad, no era mejor prohibirlos. Les había llevado recortes de periódico. Cada seis meses explotaba un almacén con heridos graves y muertos en algún mercado. El grupo votó. El ochenta por ciento estaba en contra de la prohibición, con el argumento de que era una tradición nacional. Yo no lo podía creer, estaba seguro de que después de ver los artículos desgarradores los alumnos decidirían prohibirlos. ¿Vale más una tradición nacional que la seguridad de sus habitantes?, pregunté. Sí, contestaron, envalentonados y dispuestos a argumentar. Di por terminada la clase.

Vino Carmelo a verme. No puedo explicar lo que sentí cuando lo vi llegar. Se enteró por Jerónimo de que falté a la cita y se preocupó. Dice que aquí no la voy a hacer. Que me ve muy flaco, pues sí, comiendo puro bolillo. La comida del rancho es intragable. No sólo de pan vive el hombre, tienen razón. Está tratando de arreglar que vuelva al dormitorio dos. Le dije que le daría lo que fuera, pero según dice ya no es nada más cuestión de dinero, sino de palancas. Aparentemente necesito un padrino.

186

Ayer me aplicaron el candadazo. Ya sabía de qué se trataba porque lo había escuchado, pero nunca me lo habían hecho. Te sacan de la celda en la mañana y no te vuelven a dejar entrar hasta la noche. Por supuesto no me dejaron llevar mi cuaderno. Tuve que estar en el pueblo todo el día. La luz del cielo era gris, un gris que apenas se esclarecía con la salida del sol. El patio de concreto y tierra, gris. La ropa de los internos obligatoriamente gris y beige. El uniforme es un intento fallido, porque la moda se impone con sus marcas, cadenas, tatuajes y otros signos de pandillas. Todo está codificado en un idioma que ahora comienzo a aprender. Ese dibujo es de Judas Tadeo, el otro pertenece a la Santa Muerte, aquel era los AA, este Zeta; una cruz podía significar un muerto, una venganza, la pertenencia a una Iglesia evangélica o simplemente una cruz. A pesar de los códigos, no todos hablan el mismo idioma, excepto el de la violencia y el dinero: ése sí es el idioma universal. El dinero como símbolo de poder de los que controlan la violencia. Así, gris.

Me declaro vencido, vencido en todos los ámbitos, los rubros, las cláusulas habidas y por haber. No puedo luchar más. No quiero luchar más. Me doy al sistema, me considero su esclavo. Dos, tres, cuatro: mi papá me propinaba golpes sobre los glúteos desnudos con un cinturón de cuero. Él contaba los golpes en voz alta, deteniéndose por un instante entre golpe y golpe, de forma tal que yo pudiera sentir el miedo dos veces: primero anticipando el dolor y luego con el dolor mismo, crudo, fuerte. El ruido del cuero sobre mi cuerpo. A veces sangre. Mientras, me mantenía erguido, la cabeza aún en alto pese a mi posición invertida. En silencio, contenía los gritos que me ahogaban. Y mi padre seguía. Llegaba un momento en que no daba más. Mi cabeza caía, escuchaba mis propios aullidos, brotaban lágrimas. En algún momento mi padre paraba, pero mi piel no dejaba de arder, era un dolor mudo.

Se trata de una lucha continua. Ahora intento caminar con naturalidad. Sin que se noten mis dedos machacados. Encontró mi celular. A pesar de que he hecho todo lo que está en mí por complacerlo. De chico cada vez que debía sentarme trataba de no hacer muecas de dolor, o iba en secreto a comprar árnica a la farmacia para que nadie se diera cuenta. Intentaba no provocar la ira de mi padre, no encontrarle la mirada ni decir algo indebido. Me esforzaba por mantener buenas notas y mis cuadernos en orden. Pero nada daba resultado. Nada da resultado.

En algún momento me llamó la atención la posibilidad de ser monje. Había leído a Thomas Merton, y consideré seriamente ingresar a un monasterio; pero yo nunca creí en Dios. Mi lógica me dictaba que era necesario creer primero en Dios, para luego someterme a su voluntad divina. No logro imaginar a un ser todopoderoso, no puedo hacerme una idea de paraíso o de vida eterna. Nada. La humanidad es consecuencia de un proceso evolutivo: unos primates depredadores con una falsa idea de supremacía planetaria auspiciada precisamente por religiones diseñadas para controlar la violencia y el poder. Me hubiera gustado ser monje. En cambio forjé mi propio ascetismo, no por voluntad divina, sino para evitar contribuir mayormente al daño. Andar en bicicleta, hacer yoga y meditación, ser vegetariano, dedicar mi tiempo a la lectura y a la enseñanza, practicar el celibato, eran mi idea de santidad que no derivaba de la existencia de un dios. Reconozco las incoherencias de mis actos. No renuncié a la herencia de mi padre, como debí. Seguí apegado a ciertos materialismos: mi casa en Coyoacán, mis viajes, libros, y hasta ahora la celda protegida del pabellón dos, mi vida con Vargas. Ya de nada sirve todo eso. Darme por vencido implica renunciar también a la culpa. Si no soy víctima ni culpable, mi posición se reduce a nada.

Desde que le ofrecí dinero a Vicente todo va peor. Ya se ensañó conmigo. Pensé que actuando sumiso no activaría su sadismo, pero ha sido contraproducente. Quiere verme enojado, que me pelee con él y que lo rete para así ponerme en mi lugar, entonces me va a aplastar hasta que ya no pueda. No sabe que ya no puedo, que desde hace mucho no puedo.

Siento un gran alivio al tomar mi última decisión. Me rindo, pero lo haré bajo mis propios términos. Imagino mi entierro. Recorro los pasos de mi funeral. Primero envuelto en lino, como Jesús, como los egipcios. Es una tela que me gusta porque es porosa, respira. Y luego un féretro de madera de pino, algo barato, hechizo, que se descomponga fácilmente, como mi cadáver. Que me entierren en un bosque de árboles grandes, en el Desierto de los Leones o alguna arboleda de Toluca. No quiero un cementerio. Me dan horror, las carnes pudriéndose en condiciones no propicias, dentro del mármol y del cobre, dentro del féretro de acero, la claustrofobia. Ya no espero que nadie me entienda.

Aquí en la enfermería otra vez puedo escribir. Me faltan fuerzas, pero lo dicto. Hace veinte días que no como. Me han puesto suero con calmantes, estoy pidiendo que me dejen en paz y van a hacerlo. No quieren que se esparza la idea de la huelga de hambre habiendo tantos que me puedan imitar. Imagino cómo sería el paraje de los ahorcados.

El prado de los colgados era un paraje desolado y triste. Suspendidos en sus estructuras originales, los cuerpos permanecían ahorcados, inertes, meciéndose apenas en las tardes cuando hacía viento.

Decenas de miles de colgados, como cadáveres atrapados en una telaraña sobrepoblada, ocupaban el valle grisáceo. El cuerpo estaba privado de movi-

miento, sólo los ojos seguían funcionando. Esto era una tortura adicional porque para la mayoría, casi todos, era raro el que quedaba con la cabeza hacia un lado, apuntaban directo al pecho, y sólo se podían ver a sí mismos, sus pies y la tierra sombría debajo.

Aparecían sin ningún orden, aventados al tablero como dardos con mala puntería. Judas yace en su árbol en el momento de la muerte, antes de que se caiga su cuerpo y se parta el cráneo en dos partes. Antes de que los agentes policiales con guantes de látex, o los verdugos de manos fuertes desaprieten el nudo, bajen el cuerpo, examinen el rompimiento de las vértebras, en el instante del último aliento llegan al prado, donde se quedan por toda la eternidad. Sólo sus ojos y sus mentes se mueven. No duermen. Es el sueño infinito.

No sienten dolor físico, pero su tormento es perpetuo. Sólo los peores criminales gozan; aquellos que ya en vida estaban trastornados y gozaban con sus crímenes: el asesinato de un cierto tipo de mujer, las violaciones de niños, de muertos. Sólo aquellos gozan, reviviendo sus más atroces y sangrientos momentos: los perturbados, que repetían los mismos actos una y otra vez con la meticulosidad del degenerado, encuentran placer y consuelo protagonizando su cinta interna miles de millones de veces.

El mayor sufrimiento lo tienen los suicidas, porque aunque son libres de pensar en cualquier cosa, de crear su mundo interno, al verse privados de movilidad, colgados con sus piecitos volando, el sólo poder verse así les hace arrepentirse de su decisión. Habían querido colgarse para terminar con la vida, no para permanecer colgados siempre. Ante semejante penitencia, los agravios que sufrieron en vida, sus soledades y miedos, disminuyen hasta volverse absurdos. Aquel rechazo, aquel mal amor, lo vivirían de nuevo, ya no les parecía tan terrible, si al menos pudieran moverse, sentir.

Sarah Kane imagina las obras de teatro que no escribió. Su psicosis le parece digna de escenario, pero ella no tendría que representar el papel principal. Las agujetas de sus tenis en el cuello, a veces puede ver la punta plastificada de una que se le acerca al ojo y debajo el inodoro eterno. ¡Qué mal lugar eligió para suicidarse!

Lo mismo piensa Alexander McQueen en el armario: la puerta se abre apenas y divisa a los otros cadáveres, como capullos a lo lejos. El coctel de coca y tranquilizantes tiene efecto de montaña rusa; a veces está estimulado, pero los bajones son peores que los que pasó en vida.

No pueden hablar, no pueden moverse. Están condenados a pensar por toda la eternidad. ∞

El arrepentimiento de los suicidas y los que mataron a sangre fría; la indignación en el caso de los inocentes —también los hay— o las víctimas como John Brown, que murió por intentar abolir la esclavitud, sólo dura unos años. La mente ve la futilidad de esto y pasa a otra cosa mariposa.

Hay quienes han construido universos enteros y no sufren: existen más allá, completamente absortos en las fantasías de su propia creación. McQueen intenta alcanzar ese estado: a veces en sus highs comienza a diseñar jardines confeccionados con pechos y narices, animales con alfileres y flores bordadas con exquisitez, pero los tranquilizantes pronto surten efecto y opacan todo, su mirada gira hacia el paraje gris. Se pregunta, ¿cuándo va a terminar esto?

Eduard Wirths, doctor principal de la ss, ha pasado las bardas de la ingeniería genética y decodificado el genoma. Una vez que su cerebro se adentró en el núcleo de la célula se dio cuenta del grado en que se parecían los humanos y el resto de la vida del planeta. No se siente responsable del genocidio, incluso siente cierta arrogancia al vislumbrar el proyecto de sus compatriotas, errado desde el punto de vista biológico.

Joachim von Ribbentrop, en cambio, sigue ideando planes de batalla. Estrategias bélicas donde los dueños del poder nuclear salvaguardarán a un selecto grupo de familias arias con las cuales repoblar el planeta: enteramente rubio y germano parlante. Su mundo se parece al kinder donde asistieron sus hijos antes de la guerra.

Jocosta y Antígona están en el lado opuesto del valle. Ambas se han construido reinos donde impera el bien y el orden. Día a día, los administran. El de Jocosta es más bonito, tiene un aspecto sensual del que carece Antígona.

Marina Tsvetaeva, acostumbrada al insomnio, sigue dialogando con Pasternak y Ahmatova. Ha inventado un nuevo lenguaje que transmite sus sentimientos. Se podría decir que es música pero es más que eso, posee otra frecuencia. Si tan sólo un ser vivo pudiera escucharla cambiaría el mundo entero; eso piensa la poeta en su horca.

El paraje de los ahorcados sólo es desolador en apariencia.

EPÍLOGO

Su respiración era agitada e irregular, como el mar atormentado. Un largo aliento seguido por cinco suspiros restringidos, apenas audibles y trabajosos. Después tomaba grandes bocanadas de aire. Los ojos de Jorge estaban cerrados, parecía un cadáver con ese pelo raso, las cuencas hundidas, los labios resecos. Hasta hacía unas cuantas horas Vargas lo acompañaba hincado a su lado, mojándole la boca con una toalla húmeda, exprimiendo gotas que no podía evitar tragar. Lo habían sacado de la enfermería a su celda. *El Contador* lo miró por última vez. Sabía muy bien lo que tenía que hacer. Con sus dos manos le apretó el cuello. Contó hasta tres, con fuerza jaló y le torció la cabeza. Escuchó cómo se desprendían las cervicales. Miró el cadáver. Ahora sus ojos estaban abiertos.

Entre Vargas y *El Contador* ataron un cinturón alrededor del cuello de Jorge y lo colgaron del techo. Las instrucciones eran que debían simular un suicidio. Los agentes del Ministerio Público tardarían todavía unas horas. Al *Contador* no le importaba ser descubierto, añadir unos años a su sentencia no le afectaba.

Miguel iba a hacer todo para que el funeral de su hermano fuera espectacular. Mandó señales de que esperaba esquelas y coronas —asistencia solemne— a todos los que trabajaban para él. Era momento de cerrar filas, medir lealtades, demostrar quién era él. La cripta de la familia era de las más grandes del Panteón Español, localizada en una de las principales arterias del cementerio. Decidió que el nicho junto a su padre debería de permanecer vacío, para su mamá quizás, o él; y que el cuerpo de Jorge debería tomar el sitio debajo de su padre. Magali y sus hijos llenarían la siguiente hilera y así, generaciones de González Conde. Había lugar para más de veinte.

Los embalsamadores no habían podido hacer mucho con el cuerpo de su hermano. Ni con la peluca y el maquillaje lograron quitarle el aspecto de difunto que tenía aun en vida. Optó por cerrar el féretro y poner una fotografía enmarcada sobre el ataúd.

Magali tenía una en donde salía bien, sano, feliz, como él deseaba que lo recordaran. Posaba en el aeropuerto de San Diego, tomado de la mano de Rafaela, radiaba la felicidad de un hombre enamorado. Magali le había mandado dos versiones, la primera con Rafaela, y la segunda recortada donde Jorge aparecía solo, la mano de ella esfumada. Pero Miguel prefirió la imagen de su hermano con la profesora de yoga.

La fila de coches se extendía por varios kilómetros. Las de adelante eran camionetas grandes, negras, con choferes y guaruras. Luego seguían sedanes de lujo y hasta el final coches de todo tipo. Todos iban a despedir a su hermano. Hasta entonces, la mayoría desconocía que tenía uno. Desconocían también la causa de su muerte. Como el féretro estaba cerrado, Miguel asumió que especularían que fue un accidente. Pensó que debería de hacer todo lo posible por perpetuar ese mito. Hacer alusión a una póliza de seguros o al mal estado de las carreteras. Pensó en el avión, eso se acercaba más a la verdad. Su hermano había sufrido un largo y prolongado accidente aéreo. Jorge había sido un accidente. Una de esas personas que jamás aprenden a vivir, que aun llevándolas de la mano se siguen tropezando. Podía confiar en él para tomar la decisión equivocada. A quién se le ocurría quedarse en la cárcel por su propia voluntad. Acostarse con hombres. Sí, sabía todo. Dejar de comer. Jorge había nacido imbécil. Tarde o temprano iba a morir. Lo recordó montado en su absurda bicicleta tentando la muerte entre los peseros. Cuántas veces le había dicho, bájate de la bicicleta. Consigue trabajo. Cásate. Caminaba despacio cargando el féretro. Él iba al frente acompañado de su tío Ricardo. Detrás, Aníbal y Fernando. Les había ofrecido un lugar de honor a Jerónimo y Cristian, amigos de su hermano, pero se negaron, prefirieron quedarse al margen. ¿Qué tipo de amigos eran ésos, que ni siquiera llevaban su cuerpo? Sólo eran cuatro, no necesitaban cargar el ataúd, una mesa de aluminio con ruedas lo sostenía. El cardenal encabezaba la procesión y dos monaguillos esparcían incienso. Detrás de él, enlutadas de pies a cabeza, Magali, Maggi y su madre. Él hubiera preferido que Magali no regresara de Nueva York, pero ella insistió de tal manera que no pudo oponerse. Lloraba desconsolada. Le gustaba a Miguel verla así. A su lado, él parecía estoico. Firme ante la tragedia. A unos metros de la cripta comenzaron a ver filas de coronas de flores, tal como él lo había dispuesto, como las dos páginas de esquelas que tanto gusto le habían dado en la mañana. La cripta familiar era grande, aun así, sólo cabía una fracción de los asistentes. Los demás quedaban fuera, charlaban y fumaban en pequeños grupos esperando a que terminara el sepelio. Cuando el albañil del cementerio empezó a colocar ladrillos con la espátula de cemento fresco, Miguel sintió que le faltaba aire. Tomó a Magali del brazo y la guió hacia afuera. En vez de apoyarse en ella, cargó a su hija. La niña sobre sus brazos lo hizo recuperar el equilibrio, sentirse fuerte y sólido. El aire fresco también ayudó. Magali sacó de su bolso unos lentes oscuros y él busco en la solapa de su saco los suyos, que estaban junto a un par de puros. A través del cristal polarizado vio cómo *El Manny* y Lucía se acercaban hacia ellos a darles el pésame. Caminaban tomados de la mano. ¿Dónde estaba la esposa del *Manny*? Miguel se alarmó. Algo no estaba bien.

—El general te está esperando —le dijo *El Manny* al oído.

Al bajar del avión las recibió un chofer desconocido para Magali, en una camioneta negra blindada que tampoco reconoció. La llevó directo a las capillas donde estaban velando a Jorge. Miguel la recibió en la entrada con un beso frío en la mejilla.

—¿Te quieres ir a cambiar al departamento?

—¿Al departamento? ¿Qué departamento?

—El de Palmas, ¿no te conté?

—No. ¿Y la casa?

—Demasiado grande para mí solo, e insegura.

—¿Y mis cosas?

—Gorda, está todo ahí, ándale, corre a cambiarte que ya va a empezar a llegar gente. No quiero que te vean así.

—¿Por qué no?

Magali no lo dejó contestar. Ella se había vestido lo mejor posible para el vuelo de cinco horas, llevaba pantalones negros y un cuello de tortuga. El pelo recogido hacia atrás, y zapatos de medio tacón. Sabía que no estaba a la altura de las expectativas de Miguel. Lo sabía. Pero no había venido aquí para eso. Vino por Jorge, ésa era la única razón, se quería despedir de él. No podía estar tranquila en Nueva York sin verlo una última vez. Entró a la capilla. Maggi le apretaba la mano con fuerza, no había querido ni saludar a su papá. ¿Por qué estaba la foto de Rafaela? Ver su cara la hizo recordar aquel día. Le indignaba verla ahí. Quitó la foto de encima del féretro y la escondió detrás de una de las docenas de coronas que abrumaban el salón. Trató de abrir la parte superior del féretro, pero la tapa estaba atorada. Un señor de traje negro se acercó.

—La familia no quiere que lo vean.

—Yo soy la familia —dijo Magali sin poder detener las lágrimas—. Déjeme verlo. Era mi hermano.

—No.

Miguel llegó en ese instante y volvió a colocar la foto de Rafaela y Jorge sobre el féretro.

—Es mejor que no lo veas.

—¿Qué le pasó? ¿Qué le pasó? ¿Por qué está muerto?

—Se volvió loco —contestó Miguel—. Nadie debe saberlo. Fue un accidente. Ya. Eso es lo que tienes que meterte en la cabeza. Fue un accidente. Es lo único que tienes que saber.

Magali no lo podía creer. Le echaba la culpa a Miguel. Nada le hubiera pasado si no lo metían al bote. Jorge era tranquilo, no le hacía daño a nadie. Quizás se pudo haber matado en la bicicleta, era el único accidente que Magali podía imaginar. La gente empezó a llegar. Magali cubrió sus ojos rojos con lentes oscuros, y se dirigió hacia una esquina donde servían café. Lo velarían toda la noche. Ella no había avisado a nadie de la muerte de su cuñado, pero empezó a ver el desfile de gente conocida. Tomó su lugar al lado de su suegra y Miguel y se preparó para recibir las condolencias. Llegaron sus papás y sus hermanos. Le pidió a su mamá que se llevara a Maggi a dormir; en lo precipitado del viaje no había previsto qué hacer con ella. La niña estaba encantada de ver a sus abuelos y con la promesa de unos dulces aceptó irse con ellos. Magali salió a despedir a su hija y a sus papás. Había fumadores en la terraza y aprovechó para pedir un cigarro.

—¿No habías dejado de fumar? —le preguntó Miguel tan pronto la vio encender el cigarro.

—Sí —dijo Magali, sorprendida de que su esposo la observara—. En Nueva York nadie fuma. Quería tomar aire.

—¿Aire?

Magali vio la terraza, el estacionamiento lleno de autos. Al menos estaba al aire libre. La capilla la sofocaba.

—¿Quién es toda esa gente?

—¿Quiénes?

—Los que están ahí dentro.

—Es mi gente —dijo Miguel.

—¿Tu gente?

—Sí.

Magali cerró los ojos un minuto. Imaginó a Jorge dentro del féretro, vivo, tratando de salir, de respirar. Lo imaginó encerrado, atorado, ahogado. Lo mataron, pensó.

—No, no me mataron —Magali imaginó escuchar la voz de Jorge.

¿Qué te pasó? Magali estaba segura de que hablaba con el alma de Jorge que aún rondaba. No dudó ni un instante de que estuviera teniendo una conversación real.

—Ya no había lugar para mí.

Magali se quedó pensando. Para mí tampoco hay lugar. Cuál es mi lugar.

—No teníamos lugar.

—No me gusta que fumes —dijo Miguel antes de irse.

—Ya sé —contestó Magali dando otra bocanada de humo.

No volvió a escuchar la voz de Jorge hasta el entierro, pero intuía que estaba enojado. Sabía que estaba enojado. Cuando salieron de la cripta, Miguel se fue a saludar a esa mujer llamada Lucía que estaba de la mano de otro hombre y tenía sus aretes puestos. Magali imaginó que Jorge se despedía, que el enojo había terminado. Se iba en paz. Algo le estaba diciendo ese tipo a Miguel en el oído y Magali sintió cómo la sangre se le iba de su mano y se puso helada. Entonces entendió por qué Jorge se había ido en paz. Ella debería llevarse a su hija y hacer lo mismo.

Antes de entrar al reclusorio Jerónimo vio un perro café de pelo corto, de esos cuya raza es imposible adivinar: ya no quedaba ningún rastro de algo reconocible, perro callejero, con las costillas saltadas. Tenía el tamaño de un cabrito pequeño, tetas largas y chupadas, exprimidas más bien, como calcetines en el tendedero. Estaba ciego. Dos hoyos de costra negra, era posible que le hubieran puesto chapopote o algo así para cerrar la herida o que con una varilla ardiendo lo hubieran quemado. Tenía la nariz rasguñada, piel rosa y delicada que contrastaba con la nariz negra.

Evitó durante toda la visita mencionárselo a su amigo. Sólo quería darle las buenas noticias de los procesos que seguían. Unos minutos antes de que terminara, Jorge le dijo:

—Ya pregunté qué le hacen a tus perros.

La voz de Jorge apenas se oía, era un raspado, un oboe tocado por labios inexpertos, le faltaba aire.

—Le pregunté a un custodio que llega aquí de noche. Es un tipo listo, de esos que saben qué pasa, que aún son capaces de darse cuenta pero son demasiado inteligentes como para intentar hacer algo. Su instinto de conservación predomina.

Pausó para dar unos respiros que parecían costarle mucho trabajo. Con el último tomó fuerzas, y siguió.

—Tú y yo, en cambio, somos unos idiotas. Creímos poder cambiar las cosas, quisimos intervenir, hacer algo. Él no. Sabe que no hay nada que hacer. Se da cuenta. No es como los otros pendejos que ni saben lo que hacen, demasiado estúpidos como para entender. Me dijo que se los llevan en la noche. Viene una camioneta y los recoge.

Jerónimo sintió algo de alivio. Alguien les tenía compasión.

—¿Te acuerdas de la clase de geopolítica? —preguntó Jorge.

Jerónimo asintió.

—¿Del Consejo de Seguridad de las Naciones Unidas?

—Sí.

—¿Cómo puede ser que sólo los miembros permanentes tengan derecho a veto? ¿Te acuerdas? Rusia, China, Estados Unidos, Francia e Inglaterra. ¿Te das cuenta? No sólo escriben la historia, pero siguen controlando el poder. El que gana controla todo, Jero, todo.

Jerónimo asintió en silencio, tratando de contener las lágrimas. Su amigo se daba por vencido. En eso Jorge extendió su mano. Le dio un cuaderno Scribe con unas hojas dentro.

—Ten, es lo único que me queda.

Después de que murió Jorge, Jerónimo sintió primero tristeza e impotencia. Luego vino el odio al hermano por el circo que armó en ese entierro. Se levantaba a mitad de la noche con pesadillas en donde había ahorcado a Miguel González, como si el recuerdo de lo que su amigo le había contado en sus visitas lo poseyera. Las dos manos apretando el cuello con todas sus fuerzas. Cuando lo invadía la angustia de haber matado, cuando sentía entre sus manos apretadas el cuerpo sin vida de Miguel, despertaba.

Volvía el recuerdo de los perros. El destino de aquellos perros que vagaban en las inmediaciones del reclusorio. Una noche, meses después, tomó más de lo habitual y subió al coche. Había luna llena. Condujo en forma automática, sin reflexionar hacia dónde se dirigía. Era un camino recorrido tantas veces de día por él. Cuando llegó al reclusorio y estacionó el coche entendió qué hacía ahí. Arribó un poco antes de la media noche, se quedó dentro del auto con las ventanas bajadas un poco para poder escuchar algo, no sabía qué. Unos ladridos precedieron la llegada de una camioneta Nissan blanca sin ningún distintivo. Siguió a la camioneta. Se sintió un hombre que necesitaba cumplir una misión importante: seguir a la camioneta Nissan a toda costa. Se dirigían a la salida a Cuernavaca. Llegó a su destino que era una reja. Estacionó su coche a cierta distancia y se quedó dormido. Despertó a plena luz del día, su reloj marcaba las diez. Recordaba haber oído el trino de los pájaros, los primeros sonidos del amanecer. Bajó del auto y meó contra la pared. Se dirigió hacia la puerta. Le abrió un tipo con una cara inhóspita.

—Qué quiere.

—Vengo a ver los perros.

—Pásele —dijo el encargado.

Así de fácil. Una parte de él lo daba por hecho. Sabía que su naturaleza amable le abría puertas, se las había abierto toda la vida, quizás por conveniencia simplemente había desarrollado esa personalidad de bonachón. Nada en él amenazaba. Pensar en su propia naturaleza bondadosa no lo preparó para presenciar lo que veían sus ojos: jaula tras jaula, en una bodega de techos altos y fríos; fila tras fila de malla que iba del suelo al techo en hileras interminables como estantes de biblioteca universitaria. En cada una, un perro herido, maloliente, descuidado.

—Qué les hacen —exclamó.

—Los salvamos. Es un refugio —explicó el encargado.

—Pero están heridos.

—Apenas tenemos para darles de comer.

Le comentó después que mezclaban comida de perros caduca con restos del rastro y basura.

—Es orgánica —aclaró otro encargado con cierto orgullo—, para hacerla rendir. Algunos se nos mueren, vienen ya muy desahuciados. Pero otros duran años.

—Años —repitió Jerónimo.

Los perros quedaban enjaulados, encerrados durante años. De pronto se abría un espacio de tierra entre las jaulas.

—¿Los sacan a veces? —preguntó por última vez.

—No. Imagínese.

AGRADECIMIENTOS

Muchos me acompañaron al escribir este libro, les agradezco su amistad, compañía y consejos. Escribir es un oficio solitario, pero admite cómplices. También quiero agradecer a mis hijas, Ana y Julia, por su alegría y aliento. A mis hermanas, compañeras en todo. A mi mamá. A David Morgan, mi esposo. Gracias a Rafael, quien estuvo interno en el Reclusorio Norte, y a todos los presos que tuvieron el valor de compartir sus experiencias conmigo. A Juan Rivero por permitirme el acceso al penal. Pero sobre todo a ustedes, lectores, quienes realmente dan vida a los personajes. Gracias.

Los perros, de Lorena Canales
se terminó de imprimir en septiembre 2013 en
Drokerz Impresiones de México, S.A. de C.V.
Venado N° 104, Col. Los Olivos, C.P. 13210,
México, D. F.